¿SOY UNA ESNOB?

Y OTROS ENSAYOS

ALMA CLÁSICOS ILUSTRADOS

VIRGINIA WOOLF

¿SOY UNA ESNOB?
Y OTROS ENSAYOS

Selección traducción y prólogo de
Itziar Hernández Rodilla

Ilustrado por
Gala Pont

Títulos originales: *Hyde Park Gate News; Hours in a Library; How Should One Read a Book?; Street Haunting: A London Adventure; Life and the Novelist; The Cinema; Middlebrow; Am I a Snob?; Women and Fiction* y *Professions for Women*.

© de esta edición:
Editorial Alma
Anders Producciones S.L., 2024
www.editorialalma.com

 @almaeditorial

© de la selección de textos, prólogo y traducción: Itziar Hernández Rodilla

© imagen (página 6): National Portrait Gallery, Londres.
Retrato fotográfico de Virginia Woolf, tomado por Lady Ottoline Morrell, en junio de 1923

© de las ilustraciones: Gala Pont

Diseño de la colección: lookatcia.com
Diseño de cubierta: lookatcia.com
Maquetación y revisión: LocTeam, S.L.

ISBN: 978-84-19599-51-3
Depósito legal: B-18910-2023

Impreso en España
Printed in Spain

El papel de este libro proviene de bosques gestionados de manera sostenible.

ÍNDICE

PRÓLOGO 7

HYDE PARK GATE NEWS 13

HORAS ENTRE ESTANTERÍAS 19

¿CÓMO SE DEBE LEER UN LIBRO? 29

RONDAR LAS CALLES: UNA AVENTURA EN LONDRES 45

LA VIDA Y EL NOVELISTA 61

EL CINE 73

MEDIOCRIDAD 81

¿SOY UNA ESNOB? 93

LAS MUJERES Y LA FICCIÓN 117

PROFESIONES PARA MUJERES 129

PRÓLOGO

Enferma mental, suicida, loca, frágil, virgen, bipolar, frígida, anoréxica, complicada, feminista, icono. Estas son, probablemente, algunas de las palabras más usadas para hablar de Virginia Woolf. Algunas, en cualquier caso, de las que se nos vienen con más rapidez a la mente al pensar en ella. Estas palabras y la imagen de aquel póster que, según contaba Lucía Lijtmaer (en el prólogo «El retrato de una artista vital» de la edición que Gonzalo Torné hizo de los diarios de la escritora, *Escenas de una vida: matrimonio, amigos y escritura*, Clave Intelectual, 2021), presidió durante años su habitación adolescente: «su rostro de perfil, joven, grisáceo y etéreo, como una esfinge melancólica».

Pero, ante esa imagen de la Virginia Woolf torturada, incapaz de repetir sus hazañas, melancólica e infeliz, coqueteando toda una vida con el suicidio, ahogada con los bolsillos llenos de piedras, yo prefiero otra: una en la que se ríe con una gran pamela emplumada y un chal de encaje sobre los hombros, sentada al aire libre (en Garsington, la finca que tenían cerca de Oxford lady Ottoline y su esposo Philip), rodeada de los amigos cuyo círculo se bautizó con el nombre de Bloomsbury, mientras sostiene un cigarrillo en la mano. Una imagen llena de pasión, de humor, de vitalidad. La imagen de la autora que descubro en sus ensayos.

Virginia Woolf fue una escritora precoz. Dice Carlos Fortea en *Un papel en el mundo. El lugar de los escritores* (Trama, 2023) que hay un momento en el que el escritor decide convertir la palabra en profesión y que esa decisión implica una serie de responsabilidades: «Si no se quiere ser simplemente arrogante, habrá que acometer la tarea de escribir todo lo mejor que se pueda, y no solo juntar palabras. Si no se quiere ser simplemente fatuo, habrá que tratar de aprender cuanto se pueda de cuantos a uno le precedieron [...]. Si no se quiere ser simplemente estúpido, habrá que ser modesto». Me pregunto si esto fue alguna vez cierto para una autora que escribió siempre, que leyó mucho y admiró a muchos escritores, pero decidió que su forma de contar ya no le valía, que quizá nunca fue modesta.

Gran narradora de la infancia, como demostrará más tarde al comienzo de *Las olas* (1931), Woolf es capaz de penetrar la vulnerabilidad, los miedos y las percepciones sensoriales de los niños. Es capaz de escribir con cierta frescura inocente, como si viese el mundo por primera vez, y vuelve una y otra vez en sus novelas a los recuerdos de su propia niñez. Es toda una suerte que se conserven los registros de esa infancia, en la forma de los artículos que escribía con sus hermanos Thoby y Vanessa para el periódico familiar. Sin embargo, tal vez podamos poner fecha a la decisión de Virginia de convertir la escritura en una forma de ganarse la vida.

En 1904, cuando muere Leslie Stephen, su padre, Virginia y sus hermanos deciden abandonar el elegante barrio de Kensington, en el que crecieron, para trasladarse al 46 de Gordon Square, en Bloomsbury, más modesto y algo bohemio. La luz y la belleza de la amplia plaza, y el hecho de disponer de un dormitorio propio, además de diversos cuartos en los que recibir o trabajar con su hermana, despiertan la consciencia de Virginia como joven dedicada a la escritura. Es en diciembre de ese mismo año cuando se publica su primer reportaje largo en el suplemento femenino de un boletín clerical, *The Guardian*, relatando su visita al hogar familiar de las hermanas Brontë en Haworth. Estaba a punto de cumplir veintitrés años y sabía que, para ser independientes, ella y su hermana Vanessa necesitaban un trabajo con el que mantenerse. Si quería ser escritora, no podía supeditar su libertad creativa al dinero que le cediese algún pariente o un esposo.

Esta colaboración con *The Guardian* supone el reconocimiento de que la actividad periodística que emprende, además de un entrenamiento para llegar a ser la artista que desea ser, es por fin una escritura profesional.

Al año siguiente, iniciaría su colaboración con el semanario literario *Times Literary Supplement* (TLS, en palabras de T. S. Eliot, el periódico literario «más respetable y más respetado de su tiempo»), y aceptaría también un empleo en el Morley College de Londres, un instituto nocturno en el que impartía lecciones de gramática e historia a mujeres obreras. Era un trabajo arduo que le sirvió, sin embargo, para comprender mejor los mecanismos de la desigualdad económica y lo que suponía, a efectos del desarrollo intelectual, no tener las posibilidades materiales para cultivarlo: sus alumnas no eran tontas ni carecían de interés, pero sus recursos se veían francamente limitados por su formación anterior y las obligaciones laborales.

Todas estas experiencias irán formando la opinión de la ensayista, como lo harán las lecturas que le encarga el TLS para las reseñas, las que llevará a cabo por placer personal y las veladas que celebraba los jueves su hermano Thoby, reuniendo en casa a sus amigos de Cambridge, entre los que se encontraban Lytton Strachey, Clive Bell, Saxon Sydney-Turner, E. M. Forster y Leonard Woolf, origen del brillante grupo intelectual que llegaría a ser conocido como el círculo de Bloomsbury (al que más tarde se unirían Roger Fry y John Maynard Keynes, entre otros). Estas veladas ponían a prueba la capacidad y los recursos argumentales de Virginia, algo que creía fundamental para convertirse en una verdadera escritora. Fue en esta época, entre 1906 y 1907, cuando comenzó a escribir su primera novela, *Viaje de ida*, con el título provisional de *Melymbrosia*, que publicaría en 1915 en la editorial de su hermanastro, Gerald Duckworth. Virginia Woolf tenía treinta y tres años y llevaba tres casada con Leonard, su primer lector crítico ya para siempre.

Viaje de ida será el primer paso hacia la fama de Virginia Woolf como novelista, aunque la autora no tiene aún el estilo que la hará famosa, ese fluir de la conciencia que, a partir de *El cuarto de Jacob* (1922) y marcado por las consecuencias de la Gran Guerra, disuelve la realidad en múltiples reflejos y envuelve al lector en cierto aire de catastrofismo universal que lo deja con una sensación de total desamparo. Los años entre 1915 y 1936, en los que los acontecimientos mundiales irán devolviéndola al inestable estado mental en que se encontraba durante la Primera Guerra Mundial, suponen los años en que se forja la escritura de Woolf, que publicará *La señora Dalloway* y *El lector común* (una colección de sus principales ensayos de crítica literaria, 1925), *Al Faro* (1927), *Orlando* (1928), *Una habitación propia* (1929), *Las olas* (1931) y la segunda parte de *El lector común* (1932).

Son también sus años de madurez (en 1936 tiene 53 años y faltan solo cinco para su muerte) y de máxima producción literaria y ensayística. Son, por eso, los años entre los que se enmarcan todos los ensayos incluidos en este volumen (salvo el primero, que procede de *Hyde Park Gate News*, el periódico infantil que publicaba con sus hermanos). Perfeccionista, temerosa de la exposición pública, ella es su primera y mejor crítica. Una ensayista que, sin hablar de sí misma, juzga en sus ensayos toda su producción literaria. Además, en 1917 había fundado con su marido la Hogarth Press, una editorial bautizada con el nombre de la casa en que vivían, en cuyo salón habían instalado una imprenta con la que publicarían las ediciones británicas de todas sus novelas a partir de *El cuarto de Jacob*. Cumplía ahora los dos papeles que había vaticinado para ella en aquel sencillo ensayo de 1895 con que se abre este volumen.

Cada éxito editorial acrecentaba también la actividad de una ya de por sí activa Virginia, que veía aumentar sus compromisos por días. Woolf era una trabajadora metódica e incansable en todos los aspectos de su vida, y era esa vida social que la agotaba y hacía resentirse su salud uno de los principales elementos de los que componía su obra. Sus personajes bebían de la ciudad y de la vida de sus habitantes. A esa vida urbana se entregaba Woolf con igual pasión que a la escritura, y una impregnaba la otra, como deja constancia en «La vida y el novelista», así como en «Una aventura en Londres» o «¿Soy una esnob?», tres de los ensayos aquí incluidos. De su método implacable podemos leer en «Cómo se debe leer un libro», igual que de sus opiniones sobre la literatura, que se complementan en «Horas entre estanterías», «El cine» y «Mediocridad». Por último, «Las mujeres y la ficción» y «Profesiones para mujeres», relacionados con su visión de la feminidad y su faceta de oradora que la llevarán a escribir *Una habitación propia* (1929), resumen de alguna manera ese feminismo que ha hecho de ella un icono de las últimas generaciones.

En todos estos ensayos se palpan el amor por la vida, el humor, la inteligencia ácida de esa escritora a la que, al principio, he descrito con una pamela con penacho de plumas, un chal de encaje, una risa sonora y un cigarrillo en la mano. En ellos se recogen reflexiones sobre las posibilidades del lenguaje, los personajes y el estilo literario, la importancia de una vida dedicada a la escritura, las limitaciones asociadas al género y la preocupación por la expresión y las consecuencias de la feminidad. Son ideas que se filtraron, sin duda, también en las obras de ficción de la autora. Como recuerda con emoción en «Profesiones para mujeres», con sus ensayos dejó de ser «una niña en un dormitorio con una pluma en la mano» para convertirse en «una profesional». Woolf insistía en que los libros cobran vida en las manos del lector y cambian con cada lectura. El arte, afirmaba, solo sobrevive si las nuevas generaciones lo descubren como algo fresco y encuentran en él un placer nuevo. Ojalá este librito sea la forma en que una nueva generación descubre y goza a Virginia Woolf.

Itziar Hernández Rodilla

HYDE PARK GATE NEWS
Lunes, 8 de abril de 1895

¿Quién era yo entonces? Adeline Virginia Stephen, la segunda hija de Leslie y Julia Prinsep Stephen, nacida el 25 de enero de 1882, descendiente de un montón de personas, algunas famosas, otras desconocidas; nacida en una amplia red de relaciones, nacida no de padres ricos, pero sí de padres acomodados, nacida en un mundo tardodecimonónico muy comunicativo, culto, epistolar y articulado, en el que abundaban las visitas...

Sketch of the Past, 18 de abril de 1939

El periódico colaborativo que los hermanos Stephen publicaban para divertimento de sus padres cubre los años 1891 a 1892 (cuando Virginia Stephen tenía diez años) y parte de 1895 (año en que murió su madre). *Hyde Park Gate News* —el nombre corresponde a la dirección del oscuro caserón de Kensington en el que crecieron los niños— es un registro valioso de la actividad cotidiana de esta extraordinaria familia victoriana, basado en las revistas infantiles favoritas de los hermanos. Su fin es, por lo general, cómico: provocar la risa, sobre todo de la madre, Julia Stephen. Varios pasajes sobre sus viajes y su estancia en St Ives encontrarían lugar en sus páginas. Contiene migas esparcidas ante la ventana de la salita de estar para alimentar a los pájaros y la diversión de observarlos, un cachorrito dócil y cariñoso que los niños llegan a adorar, visitas, paseos, excursiones a la playa y en barco, colecciones de mariposas, juegos de críquet, doncellas y un jardinero. El lunes, 12 de septiembre de 1892, una de las noticias del periódico de los hermanos Stephen informa de que, el sábado anterior, el señorito Thoby y la señorita Virginia fueron de excursión al faro con algunas de las visitas,

13

pues Freeman, el barquero, había dicho que la marea y el viento eran perfectos para el trayecto, y que el señorito Adrian Stephen se decepcionó mucho porque no le permitieron ir con ellos (todos estos elementos aparecerán más tarde en su obra *Al Faro*, de 1927).

Aunque la escritura de este periódico nunca fue sensiblona, inocente o tierna, pues corresponde a hijos de la clase media-alta intelectual inglesa, con una gran educación lectora, se hace más literaria y cohibida en las ediciones de 1895, en las que pierde parte de su alboroto. Termina (unas tres semanas antes de la muerte de la madre) con una escena extraña, melancólica, de dos mujeres en un desván al atardecer, una escritora y su editora, con una banda que toca la famosa balada escocesa *Auld Lang Syne* en la distancia. Pese a ello, la nota dominante es de energía y no de tristeza. En este periódico colaborativo, una autora muy joven comienza a hacerse oír, probando frases, motivos y personajes; entre los cuales, los de este último ensayo parecen anunciar su futuro papel en la vida intelectual.

HYDE PARK GATE NEWS

Lunes, 8 de abril de 1895

Escena: una habitación vacía y, sobre una caja negra, una mujer flaca y lánguida sentada, los dedos aferrados a una pluma, que moja de cuando en cuando en su tintero y luego frota al descuido en el vestido. Mira por la ventana abierta. Una iglesia se alza en la distancia, un flaco chopo agita sus brazos en la brisa de la tardecita. El horizonte al oeste está compuesto por una llanura; al sur, una repisa de caperuzas de chimenea de las que surgen monótonas espirales de humo; al norte, el lúgubre perfil de los sombríos árboles del Parque. El calendario que cuelga sobre la chimenea (confiemos en que esté encendida) declara con autoridad que el sol se pondrá a las 6:42. La flácida figura, a la que llamaremos en lo sucesivo la Escritora, siendo tal en apariencia su ocupación, mira con ansiedad cómo se hunde el sol tras un negro confín de nubes. Una banda comienza a tocar en la distancia la nostálgica *Auld Lang Syne*. Esperemos que la Escritora esté pensando en su niñez. Lo que es seguro es que una expresión de lo más desagradable cruza su rostro. Frunce el ceño, fija los ojos en la iglesia, la línea que corre de las narinas al labio se arquea, el sol poniente le ilumina la nariz y la hace brillar lastimeramente. Las meditaciones sentimentales de la mujer, si es que han llegado a ser tales, fueron interrumpidas por la puerta abriéndose y una corriente fría de viento que le levantó el ralo cabello en protesta. Creo que estaba a punto de enfadarse. Se volvió, el labio inferior adelantado, las líneas más marcadas, y sus globos oculares se deslizaron hacia la comisura de las cuencas. En conjunto, no parecía ni guapa ni afable, y se podría haber pensado que la intromisión habría preferido desaparecer al instante. Muy al contrario. La persona entró en la habitación y, en cuanto se hizo obvio quién era esa persona, el rostro de la Escritora retomó su expresión natural. La persona era una señora de mediana edad, diría que de unos cuarenta años, me atrevería a pensar que de unos cincuenta. Es una persona alta y alegre, una sonrisa le ilumina el rostro, la clase de sonrisa que fabrican con ahínco los dentistas.

—¿Está terminado? ¿Lo has escrito, querida mía? —dice con una voz radiante de simpatía.

A la Escritora le gusta ser lacónica y, en lo posible, dramática. Señaló con su pluma el papel en blanco y, casi triunfal, buscó el cambio en el semblante de la Editora. Lamento decir que, fuera lo que fuese lo que la Editora sentía en ese momento, consiguió no mostrarlo, o hacerlo mínimamente.

—Una pena. Con todos los temas de los que puedes escribir en mi periódico, no has elegido ni uno. Historia. Filosofía. Sufragio femenino. Vivisección. Y Poesía.

—¡Poesía! —La Escritora despreciaba la poesía.

Había leído al señor Swinburne[1] y era incapaz de entenderlo. Consideraba la poesía una exhibición indiscreta de las entrañas.

—¡Poesía! —repitió con un gruñido indignado—. Existe una objeción insuperable a eso. No he escrito un verso en mi vida. En cuanto a convertirme en poetisa a mi edad...

Pronunció la última frase en un tono de perplejidad que podría haber convencido a una persona común y corriente. La Editora no era una persona común y corriente. Conocía muy bien a su Escritora. Sabía que una

---

[1] Algernon Charles Swinburne (1837-1909), poeta y crítico literario inglés de la época victoriana, próximo a la hermandad prerrafaelita. Su poesía fue bastante controvertida en la época, por sus temas paganos y la recurrencia del sadomasoquismo, la pulsión de muerte y el lesbianismo en ella. Durante sus últimos años de vida, fue candidato constante al Premio Nobel de Literatura. *[Todas las notas son de la traductora.]*

cantidad suficiente de persuasión podía inducir a la Escritora a creer en algo. No prestó atención a la afirmación de la Escritora y procedió a explicarle el método de la poesía.

—Todas estas cosas son más o menos cuestión de práctica. Una amiga mía no habría sabido escribir un verso ni para salvar la vida. Le ofrecí un chelín por estrofa... y ahí que tuvo veinte estrofas listas en una hora. ¡Increíble!, bastante decentes además... Tenía un diccionario de rimas, una cosa muy útil, querida.

Creo que la Escritora produjo un centenar de versos con la ayuda del diccionario de rimas. Hemos decidido no reproducirlos aquí.

Horas entre estanterías

30 de noviembre de 1916

(Escrito para el *Times Literary Supplement* y publicado
en el volumen *Granite and Rainbow*, 1958)

Anne Olivier Bell nos recuerda en *El diario de Virginia Woolf* (vol. I, 1915-
1919, publicado por la editorial Tres Hermanas con traducción de Olivia
de Miguel en España): «La última entrada de Virginia Woolf en 1915 fue
la del 15 de febrero; el 17 tuvo cita con su dentista, y ella y Leonard fueron
a Farringdon Street a mirar una imprenta. Al día siguiente, tuvo dolor de
cabeza, y de ahí en adelante, cada vez con más noches de insomnio y días
de creciente agitación, se deslizó inexorablemente hacia la locura. [...] Pero
poco a poco, en junio, empezó a mejorar, y en noviembre, despidieron a la
última enfermera [que cuidaba de la convaleciente autora]. Muy lentamente
[...] Virginia, débil, avejentada y más gorda, fue recuperando su vida normal.

»Durante mucho tiempo, no pudo escribir nada, y luego le restringieron
la actividad [...]. Parecía que el diario interrumpido en 1915 hubiera caído
en el olvido. En la primavera de 1917, los Woolf, finalmente, compraron su
prensa. Aquel verano [...] Virginia empezó un diario».

No existen, pues, entradas de esta época en la que Woolf no se encontraba demasiado bien de salud. El colapso nervioso que sucedió a la publicación de *Viaje de ida* no resta, sin embargo, ni un ápice de agudeza a este
ensayo sobre lo que conforma al lector y las emociones de este ante una estantería llena de libros.

El título original, *Hours in a Library*, reproduce el de los tres volúmenes
de ensayos de crítica literaria que el padre de Virginia Woolf, Leslie Stephen,
publicó durante su vida.

HORAS ENTRE ESTANTERÍAS

30 DE NOVIEMBRE DE 1916

Times Literary Supplement

(En *Granite and Rainbow*, 1958)

Comencemos por aclarar la antigua confusión entre el hombre que adora aprender y el hombre que adora leer, y señalar que no hay en absoluto ninguna conexión entre ambos. Un hombre docto es un entusiasta solitario, concentrado, sedentario, que busca en los libros descubrir un grano de verdad particular en el que ha puesto el corazón. Si la pasión por leer lo conquista, la ganancia se reduce y se le desvanece entre los dedos. Un lector, por otro lado, debe reprimir el deseo de aprender desde el principio; si se queda con algo, estupendo, pero perseguir el conocimiento, leer por sistema, convertirse en un especialista o una autoridad, es muy capaz de matar lo que nos conviene considerar la pasión más humana por la lectura pura y desinteresada.

A pesar de todo esto, podemos evocar fácilmente una imagen que ayude al estudioso y provoque una sonrisa a su costa. Concebimos una figura pálida, difusa, en bata, perdida en la especulación, incapaz de levantar una tetera del hornillo, o de dirigirse a una señora sin sonrojarse, ignorante de las noticias diarias, aunque versada en los catálogos de las librerías de viejo, en cuyos oscuros locales pasa las horas de luz; un personaje encantador, sin duda, en su hosca sencillez, pero en absoluto parecido a ese otro al que dirigiremos nuestra atención. Pues el lector verdadero es, en esencia, joven. Es un hombre de intensa curiosidad; de ideas; libre de prejuicios y comunicativo, para quien leer tiene más la naturaleza del ejercicio brioso al aire libre que la del estudio a cobijo; recorre los caminos, trepa colinas cada vez más altas hasta que la atmósfera es casi demasiado sutil para respirar; para él no es, en absoluto, una ocupación sedentaria.

Pero, aparte de las afirmaciones generales, no sería difícil probar mediante un conjunto de datos que la gran época para la lectura es la comprendida entre las edades de los dieciocho y los veinticuatro años. La mera lista de lo que se lee entonces llena de desesperanza el corazón de la gente mayor. No es solo que leíamos tantos libros, es que teníamos esos libros por leer. Si deseamos refrescar nuestra memoria, tomemos uno de esos viejos cuadernos que todos hemos tenido, en algún momento, la pasión de comenzar. La mayor parte de las páginas están en blanco, es cierto; pero, al comienzo, encontraremos cierto número muy hermosamente cubierto con una caligrafía extraordinariamente legible. En esas páginas hemos escrito los nombres de grandes escritores en orden de mérito; en esas páginas hemos copiado magníficos pasajes de los clásicos; en esas páginas hay listas de libros por leer; y encontramos, en esas páginas, y eso es lo más interesante, listas de libros que hemos leído ya, como testifica el lector con cierta vanidad juvenil mediante un trazo en tinta roja. Citaremos una lista de los libros que alguien leyó en un enero pasado a la edad de veinte años, muchos de ellos, posiblemente, por primera vez: 1) *Rhoda Fleming*; 2) *The Shaving of Shagpat* [El afeitado de Shagpat]; 3) *Tom Jones*; 4) *The Laodicean* [La laodicea]; 5) *Psicología* de Dewey; 6) *El libro de Job*; 7) *Discurso de la poesía* de Webbe; 8) *La duquesa de Malfi*, y 9) *La tragedia del vengador*.[1] Y así continúa de mes en

---

1   *Rhoda Fleming* (1865), de George Meredith (1828-1909), es una novela de argumento aparentemente sencillo, un cuento moral sobre la seducción, el remordimiento y la posible redención, que trata cuestiones espinosas como el rechazo a un sentimentalismo morboso, el escándalo por los dobles estándares sexuales, la crítica de los malsanos códigos restrictivos de la decencia, y un interés generalizado por la política de género. *The Shaving of Shagpat* (1856), también de Meredith, es un romance oriental cómico, escrito al estilo de *Las mil y una noches*, que incluye varias historias, junto con divertimentos poéticos. *Tom Jones* (1749), de Henry Fielding (1707-1754), es una novela cómica de aprendizaje, comparable a la picaresca del Siglo de Oro español. *A Laodicean* (1880-1881), de Thomas Hardy (1840-1928), es una novela en la que la protagonista duda entre dos amores, reflejando la ambigüedad en cuanto a la religión, la política y el progreso del propio autor. *Psicología* (1886) es un

mes hasta que, como sucede con estas listas, se detiene de pronto en el mes de junio. Pero, si seguimos a nuestro lector a lo largo de esos meses, está claro que no puede haber hecho prácticamente nada más que leer. Repasa la literatura isabelina con cierta meticulosidad; ha leído casi todo lo de Webster, Browning, Shelley, Spenser y Congreve; Peacock lo ha leído de principio a fin; y la mayor parte de las novelas de Jane Austen, dos o tres veces. Ha leído todo Meredith, todo Ibsen, y algo de Bernard Shaw. Podemos estar bastante seguros, también, de que el tiempo que no ha pasado leyendo lo ha pasado en alguna discusión extraordinaria en la que se comparaba a los griegos con los modernos, la novela sentimental con el realismo, a Racine con Shakespeare, hasta que las luces palidecían al despuntar del día.

Las viejas listas están ahí para hacernos sonreír y, tal vez, suspirar un poco, pero daríamos cualquier cosa por recordar también el humor en que se daba esta orgía lectora. Felizmente, este lector no era un prodigio y, pensando un poco, casi todos podemos recordar, al menos, las fases de nuestra propia iniciación. Los libros que leímos en la niñez, habiéndolos sustraído de algún estante que se suponía inaccesible, tienen algo de la irrealidad y el horror de una visión robada del alba cubriendo los calmados campos cuando la casa está dormida. Atisbando entre las cortinas, vemos extrañas formas de árboles neblinosos que apenas reconocemos, aunque podemos recordarlos toda nuestra vida; pues los niños tienen una extraña premonición de lo que está por venir. Pero la lectura más tardía, de la que la lista mencionada es un ejemplo, es un asunto bastante distinto. Por primera vez, quizá, han desaparecido todas las restricciones, podemos leer lo que queramos; las bibliotecas están a nuestra merced y, lo mejor de todo, nuestros amigos se encuentran en la misma situación. Durante días sin fin no hacemos otra cosa que leer. Es una época de extraordinaria excitación y exaltación. Parecemos correr

---

tratado de John Dewey (1859-1952) que basaba su postura filosófica y pedagógica en que solo se podría alcanzar la plena democracia a través de la educación. *El libro de Job* se refiere al de la Biblia. *Discurso de la poesía* (1586), de William Webbe (1568-1591), es el primer tratado de cierta longitud impreso sobre el tema en Inglaterra. *La duquesa de Malfi* (1623), de John Webster (c. 1580-c. 1633), es una tragedia en cinco actos basada en un cuento de Bandello, con el mismo argumento que *El mayordomo de la Duquesa de Amalfi* (1618), de Lope de Vega. *La tragedia del vengador* (1607), de Cyril Tourneur (c. 1575-1626), es una tragedia que continúa el exotismo italiano frecuente en la época, que solía representar Italia como la patria de los vicios y la perfidia.

de un lado a otro reconociendo protagonistas. Hay una especie de asombro en nuestra mente por ser nosotros los que estamos de verdad haciéndolo, y se mezcla con una absurda arrogancia y un deseo de demostrar nuestra familiaridad con los más grandes de los seres humanos que han vivido en el mundo. La pasión por el conocimiento está, entonces, en lo más entusiasta, o al menos en el máximo de confianza, y tenemos, asimismo, una intensa resolución que los grandes escritores gratifican haciendo parecer que están de acuerdo con nosotros en su estimación de lo que es bueno en la vida. Y, como es necesario defendernos frente a alguien que ha adoptado por héroe a Pope, digamos, en vez de a sir Thomas Browne, concebimos un profundo afecto por estos hombres, y sentimos que los conocemos no como los conocen otros, sino nosotros mismos, en persona. Luchamos bajo su liderazgo, y casi a la luz de sus ojos. Así que vagamos por las viejas librerías y arrastramos a casa libros en folio y en cuarto, Eurípides en tablas de madera y a Voltaire en ochenta y nueve volúmenes en octavo.

Pero estas listas son documentos curiosos, pues no suelen incluir escritores contemporáneos. Meredith y Hardy y Henry James estaban, por supuesto, vivos cuando el lector llegó a ellos, pero ya habían sido aceptados entre los clásicos. No hay hombre de su generación que lo influya como Carlyle, o Tennyson, o Ruskin influía a los jóvenes de su tiempo. Y esto creemos que es muy característico de la juventud, pues, a menos que haya algún gigante reconocido, no tendrá nada que hacer con los hombres más pequeños, aunque traten del mundo en el que vive. Preferirá volver a los clásicos, y se asociará por completo con mentes de primer orden. Por el momento, guarda las distancias con toda actividad de los hombres y, mirándolos desde lejos, los juzga con soberbia gravedad.

De hecho, uno de los signos de la juventud ya pasajera es el nacimiento de una sensación de compañerismo con otros seres humanos a medida que ocupamos nuestro lugar entre ellos. Nos gustaría pensar que mantenemos nuestro estándar tan alto como siempre; pero nos interesamos ciertamente más por la escritura de nuestros contemporáneos y perdonamos su falta de inspiración por mor de algo que nos los acerca. Podríamos incluso discutir que obtenemos más de los vivos, aunque sean muy inferiores, que de los muertos. En primer lugar, no puede haber vanidad secreta en leer a nuestros contemporáneos, y la clase de admiración que inspiran es extremadamente cálida y genuina porque, para ceder el paso a nuestra fe en ellos, a menudo hemos de sacrificar algún prejuicio muy respetable que nos honra. También tenemos que encontrar nuestras propias razones para lo que nos gusta y lo que nos disgusta, lo que espolea nuestra atención, y esta es la mejor forma de probar que hemos leído y entendido a los clásicos.

Así pues, estar en una gran librería atestada de libros tan nuevos que sus páginas casi se pegan unas a otras, y el dorado de sus lomos está aún fresco, tiene un interés no menos delicioso que el del antiguo puesto de libros de segunda mano. No es, tal vez, tan elevado. Pero la antigua hambre de saber lo que pensaban los inmortales ha dado lugar a una curiosidad mucho más tolerante por saber lo que piensa nuestra propia generación. Lo que los hombres y mujeres vivos sienten, cómo son sus casas y qué ropa llevan, qué dinero tienen y qué es lo que comen, qué adoran y aborrecen, qué ven del mundo que les rodea y cuál es el sueño que llena los huecos de su vida activa. En sus libros nos cuentan todas estas cosas. En ellos podemos ver tanto del cuerpo y de la mente de nuestro tiempo como nos permiten los ojos.

Cuando tal espíritu de curiosidad se ha apoderado por completo de nosotros, una gruesa capa de polvo no tarda en cubrir a los clásicos a menos que la necesidad nos fuerce a leerlos. Pues las voces vivas son, al fin y al cabo, las que mejor entendemos. Podemos tratarlas como iguales; aciertan nuestras cuitas y, lo que es tal vez más importante, entendemos sus chistes. Y pronto desarrollamos otro gusto, insatisfecho por los magníficos —no un gusto valioso, puede ser, pero de seguro una posesión muy agradable—, el gusto por los libros malos. Sin cometer la indiscreción de dar nombres, sabemos en qué autores podemos confiar para que produzcan cada año (pues por suerte son prolíficos) una novela, un libro de poemas o ensayos, que nos proporcione un placer indescriptible. Debemos mucho a los libros malos; de hecho, llegamos a contar a sus autores y protagonistas entre los personajes que tienen un papel enorme en nuestra vida interior. Algo de tal suerte sucede en el caso de los escritores de memorias y autobiógrafos, que han creado casi una nueva rama de la literatura en nuestra época. No todos son gente importante, pero por extraño que parezca, solo la más importante, los duques y los estadistas, no resulta nunca aburrida. Los hombres y mujeres que deciden, sin otra excusa quizá salvo que vieron al duque de Wellington una vez, confiarnos sus opiniones, sus aflicciones, sus aspiraciones y sus enfermedades terminan por lo general convirtiéndose, por el momento al menos, en actores de esos dramas privados con los que engañamos nuestros paseos solitarios y nuestras horas en vela. Filtrar todo esto de nuestra consciencia nos hará, sin duda, más pobres. Y luego están los libros de datos e historia, los libros sobre abejas y avispas e industrias y minas de oro y emperatrices e intrigas diplomáticas, sobre ríos y salvajes, sindicatos y leyes parlamentarias, que siempre leemos y siempre, ¡vaya!, olvidamos. Tal vez no estamos presentando un buen caso a favor de una librería cuando hemos de confesar que gratifica tantos deseos que no tienen, en apariencia, nada que ver con la literatura. Pero recordemos que aquí la literatura se está haciendo. De estos libros nuevos, nuestros hijos seleccionarán el par de ellos por los que se nos conocerá para siempre. En ellos está, si pudiésemos reconocerlo, el poema, o la novela, o la historia que destacará y hablará con otras épocas sobre la nuestra, cuando nosotros yazcamos silentes como las multitudes de los días de Shakespeare callan y viven para nosotros solo en las páginas de versos que él escribió.

Creemos que eso es verdad; y, aun así, es extrañamente difícil en el caso de los libros nuevos saber cuáles son los de verdad y qué es lo que nos cuentan, y cuáles son los disecados que se harán pedazos tras rondar uno o dos años. Podemos ver que hay muchos libros y, a menudo, se nos dice que hoy todo el mundo puede escribir. Puede que sea cierto; no obstante, no dudamos de que, en el corazón de esta inmensa volubilidad, de esta pleamar espumosa de lenguaje, de esta irreticencia y vulgaridad y trivialidad, yace el calor de alguna gran pasión que solo necesita el accidente de un cerebro más felizmente inclinado que el resto para tomar una forma que durará de época en época. Debería ser un placer para nosotros contemplar este tumulto, librar batalla con las ideas y visiones de nuestro propio tiempo, aprovechar lo que podemos usar, matar lo que consideramos sin ningún valor y, sobre todo, darnos cuenta de que debemos ser generosos con la gente que está dando forma lo mejor que puede a las ideas que lleva dentro. Ninguna época de la literatura es menos sumisa a la autoridad que la nuestra, tan libre del dominio de lo magnífico; ninguna parece tan rebelde con su don de reverencia, ni tan volátil con sus experimentos. Podría muy bien parecer, incluso a los atentos, que no hay huella de escuela u objetivo en el trabajo de nuestros poetas y novelistas. Pero el pesimista es inevitable y no nos persuadirá de que nuestra literatura está muerta, ni evitará que sintamos lo verdadera y vívida que una belleza fluye cuando los jóvenes escritores se unen para formar su nueva visión, las palabras antiguas de la más hermosa de las lenguas vivas. Lo que sea que podamos haber aprendido de leer a los clásicos lo necesitamos ahora para juzgar el trabajo de nuestros contemporáneos, pues mientras haya vida en ellos, lanzarán su red sobre algún desconocido abismo para atrapar nuevas formas, y nosotros debemos lanzar nuestra imaginación tras ellas si hemos de aceptar y comprender los extraños dones que nos traigan de vuelta.

Pero, si necesitamos todo nuestro conocimiento de los viejos escritores para seguir lo que los nuevos están intentando, es igual de cierto que, de aventurarnos entre libros nuevos, llegamos con un ojo mucho más aplicado a los viejos. Parece que deberíamos ser ahora capaces de sorprender sus secretos; mirar en lo profundo de su obra y ver cómo se juntan las partes, porque hemos observado cómo se hacen los libros nuevos, y con ojos libres de prejuicios podemos juzgar con más verdad lo que están haciendo, y lo que es bueno y lo que es malo. Encontraremos, probablemente, que algunos de los magníficos son menos venerables de lo que creíamos. De hecho, no son tan logrados o profundos como algunos de nuestros coetáneos. Pero, si en uno o dos casos esto parece ser verdad, cierta humillación mezclada con alegría nos inunda frente a otros. Tomemos a Shakespeare, o a Milton, o a sir Thomas Browne. Nuestro escaso conocimiento de cómo se hacen las cosas nos es de poco provecho en este caso, pero presta un entusiasmo añadido a nuestro disfrute. ¿Sentimos alguna vez en los días de nuestra juventud tal asombro por sus logros como el que nos llena ahora que hemos examinado cuidadosamente miríadas de palabras y seguido rutas inexploradas en busca de nuevas formas para nuestras sensaciones? Los libros nuevos pueden ser más estimulantes y, en ciertas maneras, más sugerentes que los viejos, pero no nos dan esa certeza absoluta del placer que nos alienta cuando volvemos de nuevo a *Comus*, o a *Lycidas*, o a *El enterramiento en urnas*, o a *Antonio y Cleopatra*. Lejos de nosotros aventurar ninguna teoría en cuanto a la naturaleza del arte. Puede ser que nunca sepamos más sobre él de lo que sabemos por naturaleza, y nuestra experiencia más larga de él nos enseña solo esto: que, de todos nuestros placeres, los que obtenemos de los grandes artistas son indiscutiblemente los mejores; y puede que no lleguemos a saber más. Pero, sin necesidad de avanzar una teoría, encontraremos una o dos cualidades en obras como estas que apenas podemos esperar en libros hechos durante el lapso de nuestra vida. Puede que la edad tenga, en sí misma, una alquimia propia. Pero una cosa es cierta: se los puede leer tan a menudo como se desee sin encontrar que han perdido ninguna virtud y se han convertido en una cáscara de palabras sin sentido; y hay una finalidad completa en torno a ellos. Ninguna nube de sugestión los empaña engañándonos con una multitud de ideas irrelevantes. Al contrario, convocan todas nuestras facultades para la tarea, como en los grandes momentos de nuestra experiencia; y cierta consagración desciende de sus manos sobre nosotros, que nos devuelve a la vida, sintiéndola más intensamente y entendiéndola más profundamente que antes.

¿CÓMO SE DEBE LEER UN LIBRO?

1926

(Publicado en *El lector común* [II], 1932)

Este ensayo tuvo su origen en una charla para las chicas de la escuela Hayes Court Common (un internado de señoritas en el condado de Kent) que Woolf impartió el 30 de enero de 1926. *The Yale Review* publicó, en octubre de ese mismo año, un ensayo con el mismo título, que supuso una revisión de la charla por parte de la autora; volvería a revisarlo, abreviándolo y con el título «The Love of Reading», como prefacio de un catálogo de la librería The Company of Books en 1931; y luego, en 1932, incluyendo de nuevo algunos de los fragmentos de la charla original de 1926, para su segunda parte de *El lector común*. Esta es la versión más conocida del texto y la que aquí se traduce.

Durante la época en que comenzó a trabajar en el texto, hizo varias referencias al tema y a la charla en cartas a Vita Sackville-West. Woolf había conocido a Sackville-West el 14 de diciembre de 1922 en una cena celebrada por Clive Bell en Londres. En 1926, después de unos comienzos inciertos, Virginia y Vita comenzaron una relación que, a todas luces y según sus propios testimonios, superaba la mera amistad. La intimidad entre las dos mujeres continuaría hasta los primeros años de la década de 1930. Woolf dedicaría *Orlando* a Sackville-West en 1928.

En una de las cartas que Virginia escribe a Vita a principios de noviembre de 1925, le cuenta que tiene pendiente «escribir una charla para las niñas de un colegio: "cómo se debe leer un libro" [...], un tema de deslumbrante importancia e interés que deja sin aliento»; suena irónica, la verdad.

Más tarde, el 31 de enero de 1926 (al día siguiente de dar la charla), le escribe que ha estado «atrapadísima por mi charla» y «tuve que dejar de escribir *Al Faro*», algo que la hizo sentirse infeliz y culpable; también dice que «explicar diferentes tipos de novelas a niñas —hacer pequeñas anécdotas de ello— me llevó más tiempo y me dio más problemas que escribir seis artículos para el *Times*». Aquí, la ironía ha desaparecido del todo y la autora parece consciente de la importancia que puede tener su exposición para la formación de las niñas.

La charla debió de ser toda una lección de literatura, aunque dicen que Woolf era una oradora tediosa (una de las asistentes escribió en su diario: «Tuvimos una charla de la señora V. Woolf: muy aburrida»). Otra de las antiguas escolares recuerda a la autora vívidamente, aunque sus opiniones son encontradas:

> La charla fue en el salón, por la tarde. Las escolares estábamos sentadas en el suelo; la señorita Cox, los distinguidos visitantes y los profesores, sentados alrededor del fuego, y Virginia Woolf en una mesita cerca del piano. Llevaba un niqui azul claro, que parecía acentuar su altura; era una figura impresionante, muy cercana a mis expectativas de cómo debía de ser una escritora famosa. [... aunque añadía:] Debo reconocer que su aspecto dejó en mí una impresión mucho más duradera que nada de lo que dijo.
>
> Según la biografía de la autora, escrita por Hermione Lee

Más allá de las reacciones de las privilegiadas oyentes de su conferencia, el ensayo que presentamos aquí es, sin duda, una auténtica loa a la lectura por placer.

¿CÓMO SE DEBE LEER UN LIBRO?

1926

(En *El lector común* [II], 1932)

En primer lugar, me gustaría hacer hincapié en los signos de interrogación que enmarcan mi título. Aun cuando pudiese contestar la pregunta yo misma, la respuesta solo sería aplicable a mí y no a ustedes. El único consejo, de hecho, que una persona puede dar a otra en materia de lectura es no escuchar ningún consejo, seguir los propios instintos, usar el propio sentido común, llegar a conclusiones propias. Si estamos de acuerdo en esto, entonces me siento libre de presentarles algunas sugerencias, ya que ustedes no permitirán que esas ideas obstaculicen la independencia, que es la cualidad más importante que posee un lector. Al fin y al cabo, ¿qué normas se pueden sentar en cuanto a los libros? No hay duda de que la batalla de Waterloo se libró cierto día; pero ¿es *Hamlet* mejor obra que *Lear*? Nadie puede decirlo. Cada una debe dirimir la cuestión por sí misma. Admitir en nuestras bibliotecas autoridades, por penachos de piel que adornen sus hombros y togas que luzcan, y permitirles decirnos cómo leer, qué leer, qué valor poner en lo que leemos, es destruir el espíritu de libertad que es el aliciente de dichos santuarios. En cualquier otro lugar, estamos sujetas a leyes y convenciones: en las bibliotecas, no tenemos ninguna.

Pero, para disfrutar la libertad, si se me perdona el tópico, hemos de controlarnos, por supuesto. No debemos despilfarrar nuestros poderes, sin control y en la ignorancia, inundando media casa para regar un solo rosal; hemos de entrenarlos, de manera exacta y poderosa, y en el sitio. Esta es, tal vez, una de las primeras dificultades a las que nos enfrentamos en una biblioteca. ¿Qué es ese «sitio»? Podría muy bien parecer que no es otra cosa que un nido de confusión. Poemas y novelas, historias y memorias, diccionarios y almanaques; libros escritos en todos los idiomas por hombres y mujeres de todo temperamento, raza y edad porfían en el estante. Y, fuera, el pollino rebuzna, las mujeres intercambian chismes en la fuente, los potros galopan por los campos. ¿Por dónde empezamos? ¿Cómo vamos a poner orden en este multitudinario caos y con ello alcanzar el placer más profundo y amplio de lo que leemos?

Es demasiado sencillo decir que, puesto que los libros tienen clases —ficción, biografía, poesía—, deberíamos separarlos y tomar de cada uno lo que está bien que cada uno nos dé. Sin embargo, poca gente pide a los libros lo que los libros pueden darnos. Lo más común es que lleguemos a los libros con mentes borrosas y divididas, pidiendo de la ficción que sea cierta, de la poesía que sea falsa, de la biografía que sea aduladora, de la historia que imponga nuestros propios prejuicios. Si pudiésemos prohibir todas estas prevenciones cuando leemos, ya sería un comienzo admirable. No dicten a su autor; intenten convertirse en él. Sean sus compañeras de trabajo y sus cómplices. Si no se deciden, si se demoran y critican al principio, estarán evitando obtener el máximo valor posible de lo que lean. Pero, si abren la mente tan de par en par como sea posible, los indicios y señales de finura casi imperceptible, desde los giros de las primeras frases, las llevarán a la presencia de un ser humano como ningún otro. Asómense a esto, familiarícense con ello, y pronto encontrarán que su autor les está dando, o intentando darles, algo mucho más definido. Los treinta y dos capítulos de una novela —si consideramos primero cómo leer una novela— son un intento de hacer algo tan formado y controlado como un edificio: pero las palabras son más impalpables que los ladrillos; leer es un proceso más largo y complicado que ver. Tal vez la manera más rápida de entender los elementos de lo que un novelista está haciendo no sea leer, sino escribir; hacer experimentos propios con los peligros y las dificultades de las palabras. Recuerden, pues, algún hecho que haya dejado en ustedes una impresión definida: cómo, en la esquina de la calle, a lo mejor, se han cruzado con dos personas que charlaban. Un árbol temblaba; una luz eléctrica titilaba; el tono de la charla era cómico, pero también trágico; toda una visión, una concepción entera, parecía contenida en ese momento.

Pero, cuando intentan reconstruirla en palabras, encontrarán que se rompe en mil impresiones contradictorias. Algunas deben ser sometidas; otras, enfatizadas; en el proceso perderán, probablemente, toda comprensión de la emoción en sí. Entonces, dejen sus páginas borrosas y desordenadas y abran las de un gran novelista: Defoe, Jane Austen, Hardy. Ahora serán más capaces de apreciar su maestría. No es solo que estemos en presencia de una persona distinta —Defoe, Jane Austen o Thomas Hardy—, sino que estamos viviendo en un mundo diferente. Aquí, en *Robinson Crusoe*, recorremos a pie una carretera llana; una cosa pasa tras otra; los hechos y el orden de los hechos son suficientes. Pero, si el aire libre y la aventura lo son todo para Defoe, para Jane Austen no son nada. Suyo es el saloncito, y la gente hablando en él y, por los muchos espejos de sus charlas, revelando su carácter. Y si, cuando nos hemos acostumbrado al saloncito y sus reflexiones, tomamos a Hardy, una vez más nos da la vuelta. Nos rodean los páramos y las estrellas brillan sobre nuestra cabeza. Se ve ahora expuesto el otro lado de la mente: el lado oscuro que se impone en solitario, no el lado iluminado que se muestra en compañía. Nuestras relaciones no son con la gente, sino con la Naturaleza y el destino. Y, en cambio, por diferentes que sean estos mundos, cada uno es coherente consigo mismo. El artífice de cada uno tiene cuidado de observar las leyes de su propia perspectiva y, por mucho esfuerzo que nos exija, nunca nos confundirá, como escritores peores hacen a menudo, introduciendo dos tipos diferentes de realidad en el mismo libro. Así, ir de un gran novelista a otro —de Jane Austen a Hardy, de Peacock a Trollope, de Scott a Meredith— es ser arrancado y desarraigado; ser zarandeado de un lado a otro. Leer una novela es un arte difícil y complejo. Se ha de ser capaz no solo de grandes finezas de percepción, sino también de una gran osadía de la imaginación para hacer uso de todo lo que el novelista —el gran artista— nos da.

Pero un vistazo a la heterogénea compañía en el estante nos mostrará que los escritores son muy raramente «grandes artistas»; mucho más a menudo un libro no pretende ser una obra de arte en absoluto. Estas biografías y autobiografías, por ejemplo, vidas de grandes hombres, de hombres muertos y olvidados hace mucho, que se codean con novelas y poemas, ¿hemos de negarnos a leerlas porque no son «arte»? ¿O hemos de leerlas, pero leerlas de forma distinta, con un objetivo distinto? ¿Las leemos en primer lugar para satisfacer esa curiosidad que nos posee a veces cuando por la noche nos demoramos al pasar por delante de una casa en la que las luces están encendidas y aún no han echado las persianas, y contemplamos una sección distinta de la vida real en cada piso de la casa? Y nos consume la curiosidad por la vida de esa gente, los chismes de los criados, los señores cenando, la muchacha vestida para una fiesta, la anciana ante la ventana con su labor de punto. ¿Quiénes son, qué son, cómo se llaman, a qué se dedican, en qué piensan, qué aventuras corren?

Las biografías y las memorias responden a tales preguntas, iluminan innumerables casas como esa; nos muestran a gente resolviendo sus asuntos cotidianos, esforzándose, fracasando, triunfando, comiendo, odiando, amando, hasta que mueren. Y a veces, mientras miramos, la casa se desvanece y las verjas de hierro desaparecen y estamos en mar abierto; estamos cazando, navegando, peleando; estamos entre salvajes y soldados; tomamos parte en grandes campañas. O, si nos gusta quedarnos en Inglaterra, en Londres, la escena cambia de todas formas; la calle se estrecha; la casa encoge, se hace más incómoda, tiene marcas de pontil en los cristales[1] y huele mal. Vemos a un poeta, Donne, huyendo de una de esas casas porque las paredes eran tan delgadas que, cuando los niños lloraban,

---

1 Los cristales con marcas de pontil son esos con formas circulares que relacionamos con las ventanas de los pubs ingleses y los edificios de estilo Tudor. La forma en que se fabricaba el vidrio de las ventanas antaño era similar al soplado. Se recogía una gota de vidrio fundido en un pontil y se hacía girar rápidamente para formar un disco. Los trozos más planos se usaban para ventanas finas, en edificios más elegantes e iglesias; el pedazo del centro, con la marca, se volvía a fundir para el próximo intento. A veces, estos fragmentos se vendían más baratos para los edificios de clase más baja.

sus afiladas voces las atravesaban.[2] Podemos seguirlo, a lo largo de caminos que se abren en las páginas de los libros, hasta Twickenham,[3] hasta el parque de lady Bedford, un célebre lugar de encuentro para nobles y poetas; y luego dirigir nuestros pasos hacia Wilton, la gran casa a los pies de las colinas,[4] y oír a Sidney[5] leerle la *Arcadia* a su hermana, y vagar por entre los mismísimos pantanos y ver las mismísimas garzas reales que figuran en esa célebre novela sentimental; y luego, de nuevo, viajar hacia el norte con esa otra lady Pembroke, Anne Clifford, hasta sus páramos silvestres, o lanzarnos a la ciudad y controlar nuestro regocijo al ver a Gabriel Harvey con su traje de terciopelo negro discutiendo sobre poesía con Spenser.[6] Nada es más fascinante que avanzar a tientas y tropezar en la alternancia de oscuridad y esplendor del Londres isabelino. Pero no hay forma de quedarse ahí. Los Temple y los Swift, los Harley y los St. John[7] nos hacen señas para que avancemos; podemos pasar hora tras hora esclareciendo sus debates y descifrando su carácter; y, cuando nos cansamos de ellos, podemos seguir paseando, por delante de una dama de negro que lleva diamantes, hasta Samuel Johnson y Goldsmith y Garrick;[8] o atravesar el canal, si nos apetece,

---

2   John Donne (1572-1631), uno de los poetas isabelinos más importantes, cuya poesía podría compararse con la del Siglo de Oro español. Tuvo una docena de hijos con su esposa Anne, así que no era de extrañar que tuviese que huir de casa.

3   Localidad de residencia de Alexander Pope y Lord Tennyson (por eso se repetirá más tarde).

4   Wilton House es la residencia de los condes de Pembroke.

5   Sir Philip Sidney (1554-1586), poeta y noble inglés, recordado como uno de los personajes más famosos de la época isabelina, escribió la *Arcadia*, una larga novela sentimental dedicada a su hermana, en dos versiones distintas, que se conocen como la *Vieja Arcadia* y la *Nueva Arcadia*.

6   Gabriel Harvey (c. 1522-1631), escritor inglés al que se asocia una gran soberbia y pedantería. Edmund Spenser (c. 1552-1599), poeta inglés, fue el autor de la célebre obra *La reina hada*, un poema épico en honor de la casa Tudor y la reina Isabel I de Inglaterra.

7   Sir William Temple (1628-1699), barón, político y ensayista inglés. Jonathan Swift (1667-1745), escritor satírico irlandés, autor de *Los viajes de Gulliver*. Robert Harley (1661-1724), estadista inglés, mecenas de Swift, Alexander Pope y John Gay. Henry St. John (1678-1751), vizconde de Bolingbroke, político y funcionario del Gobierno inglés; amigo de Swift, Pope y Voltaire, sus discusiones con el primero y con Harley dieron pie a un tratado político de cierta importancia en Inglaterra. Woolf está llevándonos de la mano por la historia de la literatura inglesa desde los tiempos de Shakespeare.

8   Samuel Johnson (1709-1784), poeta, ensayista, biógrafo, crítico literario y lexicógrafo inglés, autor del primer diccionario de la lengua inglesa. Oliver Goldsmith (1728-1774) es un famoso novelista, dramaturgo y poeta irlandés. David Garrick (1717-1779), actor y dramaturgo inglés, productor y director de compañía, fue alumno y amigo de Samuel Johnson e influyó la práctica teatral en toda Europa a lo largo del siglo XVIII. La dama de negro podría ser Ana Estuardo, e indicar un cambio de reinado en Inglaterra.

para encontrarnos con Voltaire y Diderot, la señora de Le Deffand; y luego de vuelta a Inglaterra y a Twickenham —¡cómo se repiten ciertos lugares y ciertos nombres!—, donde lady Bedford tenía su parque y Pope vivió más tarde, hasta el hogar de Walpole[9] en Strawberry Hill. Pero Walpole nos presenta a tal enjambre de nuevos conocidos, hay tantas casas que visitar y timbres que tocar que muy bien podríamos estar vacilando, ante la puerta de la señorita Berry, por ejemplo, cuando hete aquí que vemos llegar a Thackeray; él es el amigo de la mujer a la que Walpole amaba; así que, sencillamente yendo de amigo en amigo, de jardín en jardín, de casa en casa, hemos pasado de un extremo de la literatura inglesa a otro y nos despertamos para encontrarnos de nuevo en el presente, si podemos diferenciar así este momento de todo lo que ha sucedido antes. Esta, entonces, es una de las formas en las que podemos leer estas vidas y cartas; podemos hacer iluminar las muchas ventanas del pasado; podemos contemplar a los célebres fallecidos en sus hábitos familiares e imaginar a veces que estamos tan cerca que podemos sorprender sus secretos, y a veces podemos sacar del estante una obra de teatro o un poema que hayan escrito y ver si se leen de forma distinta en presencia del autor. Pero esto, de nuevo, suscita otras cuestiones. ¿Hasta qué punto, hemos de preguntarnos, está un libro influido por la vida de su escritor? ¿Hasta qué punto es seguro permitir que el hombre interprete al escritor? ¿Hasta qué punto resistiremos o cederemos a las simpatías y antipatías que el hombre en sí nos suscita?: tan sensibles son las palabras, tan receptivo el carácter del autor... Estas son preguntas que nos acucian cuando leemos las vidas y cartas, y debemos contestarlas nosotras mismas, pues nada puede ser más fatal que dejarnos guiar por las preferencias de otros en un asunto tan personal.

Pero también podemos leer esos libros con otro objetivo, no para arrojar luz sobre la literatura, no para familiarizarnos con los célebres, sino para refrescar y ejercitar nuestros propios poderes creativos. ¿No hay una ventana abierta a la derecha de la estantería? ¡Qué maravilla dejar de leer y mirar

---

9   Horace Walpole (1717-1797), famoso por su correspondencia con, entre otros, las hermanas Berry. Mary Berry (1763-1852) fue autora de no ficción y famosa por sus crónicas de la vida social en Francia e Inglaterra, publicadas en 1831.

por ella! Qué estimulante es la escena, en su inconsciencia, su irrelevancia, su movimiento perpetuo: los potros galopando por el campo, la mujer llenando su cubo en la fuente, los pollinos levantando la cabeza y emitiendo su largo y áspero gemido. La mayor parte de cualquier biblioteca no es otra cosa que el registro de tales momentos fugaces en la vida de hombres, mujeres y pollinos. Toda literatura, a medida que envejece, tiene su basurero, su registro de momentos desaparecidos y de vidas olvidadas, contados en tonos entrecortados y endebles, que han perecido. Pero, si se entregan al placer de leer basura, les sorprenderán, de hecho, les sobrecogerán, los vestigios de vida humana que se han dejado arruinar. Puede que sea una carta, pero ¡qué visión da! Puede que sean unas pocas frases, pero ¡qué vistas sugieren! A veces toda una historia se une con tan bello humor y pasión y entereza que parece que un gran novelista la haya trabajado, aunque sea solo un gran actor, Tate Wilkinson,[10] recordando la extraña historia del capitán Jones; es solo un joven subordinado al servicio de Arthur Wellesley que se enamora de una linda muchacha en Lisboa;[11] es solo Maria Allen[12] que deja caer su labor de costura en el saloncito vacío y suspira cuánto desearía haber hecho caso del buen consejo del doctor Burney y nunca haberse fugado con su Rishy. Nada de esto tiene valor; es en extremo despreciable; y, no obstante, qué absorbente resulta de vez en cuando revisar los montones de basura y encontrar anillos y tijeras y narices rotas enterradas en la gran masa,

---

10 Tate Wilkinson (1739-1803), famoso actor e imitador inglés, que publicó sus memorias en 1790. El capitán James Jones y su esposa eran vecinos y amigos de los Wilkinson.

11 Philip Guedalla, en su biografía de Wellington (Arthur Wellesley era el duque de Wellington) publicada en 1931, cuenta los muchos asuntos a los que tenía que atender el duque. Entre ellos, el caso del teniente Kelly, uno de sus oficiales, que se escapó con una lisboeta. El duque intervino en el caso, habló con la airada madre y le prometió devolverle a su hija a condición de que no la maltratase ni la encerrase en un convento. Sin embargo, avisado por su segundo del probable recibimiento que tendría la hija pródiga y de la intención del teniente de arreglar el asunto casándose con ella, quiso desentenderse alegando que el teniente podía hacer lo que considerase oportuno, no sin antes quejarse del deplorable comportamiento de los hombres de mar en puertos extranjeros. Sin embargo, cuando se ofició la boda y la madre fue a reclamar a Wellington su promesa, este se negó a intervenir y la dejó vociferando insultos y maldiciones. «Así quedó satisfecho el romance», ofrece Guedalla como conclusión.

12 Maria Allen era hermanastra de Fanny Burney (1752-1840), novelista satírica y dramaturga inglesa. Mientras estaba en el extranjero, Maria se casó con Martin Rishton (Rishy). Fanny escribió una memoria de su padre, el Dr. Burney (padre también de Maria) en 1832, y muchas cartas y diarios, publicados desde 1889.

e intentar juntarlas de nuevo mientras los potros galopan por el campo, la mujer llena su cubo en la fuente y el pollino rebuzna.

Pero, a la larga, nos cansamos de leer basura. Nos cansamos de buscar lo necesario para completar la media verdad que es todo lo que los Wilkinson, los Bunbury[13] y las Maria Allen pueden ofrecernos. Ellos no tuvieron el poder del artista de dominar y eliminar; no pudieron contarnos toda la verdad ni siquiera de sus propias vidas; han desfigurado la historia que podría haber sido tan proporcionada. Hechos son todo lo que pueden ofrecernos, y los hechos son una forma muy inferior de ficción. Y, así, crece en nosotros el deseo de terminar con las medias afirmaciones y las aproximaciones; de dejar de buscar los matices mínimos del carácter humano, de disfrutar la mayor abstracción, la verdad más pura de la ficción. Y, así, creamos el humor, intenso y generalizado, inconsciente del detalle, pero acentuado por un latido regular, recurrente, cuya expresión natural es la poesía; y el momento de leer poesía es... cuando ya casi somos capaces de escribirla.

> Poniente, ¿cuándo soplarás,
> que la fina lluvia caiga?
> Ah, tener a mi amor en brazos
> y estar yo de nuevo en la cama.[14]

El impacto de la poesía es tan fuerte y directo que, por un momento, no hay ninguna otra sensación que la del poema mismo. Qué profundos abismos visitamos entonces... ¡Qué repentina y completa es nuestra inmersión! No tenemos nada a lo que asirnos; nada que nos detenga en nuestro vuelo. La ilusión de la ficción es gradual; sus efectos preparados; pero ¿quién, al leer estos cuatro versos, se pregunta quién los escribió, o conjura el pensamiento de la casa de Donne o el secretario de Sidney, o los enreda en la

---

13   Sir Henry Edward Bunbury escribió numerosas crónicas sobre las guerras napoleónicas.

14   Se encuentran muchas variaciones de este poema e incluso adaptaciones de los versos en canciones populares. Los versos se han usado en muchas fuentes literarias, entre ellas, *Adiós a las armas*, de Hemingway (1929). La propia Woolf los usará más tarde en su novela *Las olas* (1931).

complejidad del pasado y la sucesión de las generaciones? El poeta es siempre contemporáneo nuestro. Nuestro ser se ve, por un momento, centrado y constreñido, como en cualquier impresión violenta de la emoción personal. Después, es verdad, la sensación comienza a extenderse en ondas cada vez más amplias por nuestra mente; alcanza los sentidos más remotos; estos comienzan a sonar y comentar y somos conscientes de los ecos y los reflejos. La intensidad de la poesía cubre un inmenso rango de emociones. Solo hemos de comparar la fuerza y la franqueza de:

> Como un árbol caeré, encontrando mi tumba,
> con solo recordar mi amargura[15]

con la ondulante modulación de:

> La arena cuenta los minutos que pasan,
> como de una ampolleta a otra; corre el tiempo
> que nos condena a la tumba, y la ansiamos;
> una era de placer, desovillada, llega
> al fin, y acaba en pena; pero la vida,
> agotada del motín, cuenta las arenas,
> en suspiros de lamentos, hasta que cae toda,
> para concluir la calamidad en descanso.[16]

---

15 «Confesión de Evadne a Amintor», de Francis Beaumont (1584-1616) y John Fletcher (1579-1625), de *La tragedia de la doncella* (1619).

16 De John Ford (1586-c. 1639), *La melancolía del amante* (1628), acto 4, escena III.

o colocar la calma meditabunda de:

> En la juventud o la senectud,
> habita nuestro sino, nuestra esencia,
> en el infinito, y solo en él;
> con esperanza, esto es: esperanza inmortal,
> esfuerzo y expectación y anhelo,
> de algo eterno a punto de suceder[17]

junto a la completa e inagotable belleza de:

> La pasajera luna ascendía
> en eterno movimiento:
> suave ascendía en el cielo,
> y una estrella o dos con ella[18]

o la espléndida fantasía de:

> Y el habitual del bosque
> no abandonará su gesta
> si, más abajo en un claro,
> una suave llama asoma
> en la que su experto ojo distingue
> un azafrán en la sombra[19]

---

17 De William Wordsworth (1770-1850), *El preludio o Crecimiento de la mente del poeta* (1850).

18 *Balada del viejo marinero* es el poema más conocido de Samuel Taylor Coleridge (1772-1834) y también el más largo. Tardó en escribirlo un año, entre 1797 y 1798, y lo publicó de inmediato en la primera edición de *Baladas líricas*.

19 *Cuando el mundo arde*, uno de los últimos poemas de Ebenezer Jones (1820-1860).

para recordar el variado arte del poeta; su poder para hacernos a la vez actores y espectadores; su poder para enfundarse un personaje como si fuese un guante y ser Falstaff o Lear; su poder para condensar, para ampliar, para afirmar de una vez para siempre.

«Solo hemos de comparar»: con estas palabras se descubre el pastel, y la verdadera complejidad de la lectura queda reconocida. El primer proceso, recibir impresiones con la mayor comprensión, es solo la mitad de la técnica; se debe completar, si queremos arrancarle todo el placer a un libro, con otro. Debemos enjuiciar estas numerosísimas impresiones; debemos hacer de estas fugaces formas una que sea firme y duradera. Pero no directamente. Esperen que se asiente el polvo de la lectura; que se calmen el conflicto y las dudas; hablen, charlen, arranquen los pétalos muertos de una rosa, o echen una cabezadita. Y así, sin quererlo, pues es así como la Naturaleza emprende estas transiciones, el libro volverá, pero de manera distinta. Flotará hasta la superficie de nuestra mente como un todo. Y el libro como un todo es diferente del libro recibido en frases discontinuas. Los detalles ahora encajan en su lugar. Vemos la forma de principio a fin; es un cobertizo, una pocilga, o una catedral. Ahora, pues, podemos comparar un libro con otro como comparamos un edificio con otro. Pero este acto de comparación significa que nuestra actitud ha cambiado; ya no somos amigas del escritor, sino sus jueces; y de la misma forma en que no hay tal cosa como demasiada caridad en los amigos, no puede haber tampoco demasiada severidad en los jueces. ¿No son criminales los libros que nos han hecho perder el tiempo y la compasión?; ¿no son los enemigos más insidiosos de la sociedad, corruptores, profanadores, los escritores de falsos libros, libros fingidos, libros que llenan el aire de podredumbre y enfermedad? Seamos, pues, severas en nuestros juicios; comparemos cada libro con los mejores de su clase. Así flotan en la mente las formas de los libros que hemos leído solidificadas por los juicios que hemos hecho sobre ellos: *Robinson Crusoe*, *Emma*, *El regreso del nativo*. Comparen las novelas con ellos: incluso las más recientes y menores tienen derecho a ser juzgadas con las mejores. Y lo mismo con la poesía: cuando la intoxicación del ritmo ha amainado y el esplendor de las palabras se ha desvanecido, una forma visionaria regresará a nosotros, que se debe comparar con *Lear*, con *Fedra*, con *El preludio*; o, si no con ellas, con lo que sea que es lo mejor o nos parece lo mejor de su clase. Y podemos estar seguras de que la novedad de la nueva poesía y ficción es su cualidad más superficial, y de que solo tenemos que alterar levemente, no refundir, los estándares por los que hemos juzgado lo antiguo.

Sería una necedad, por tanto, fingir que la segunda parte de la lectura, el juicio, la comparación, es tan sencilla como la primera: abrir la mente al rápido apiñamiento de innumerables impresiones. Continuar leyendo sin el libro ante nosotros, poner una silueta contra otra, haber leído mucho y con suficiente comprensión para hacer tales comparaciones vivas e iluminadoras: eso es difícil; aún más difícil es ir un poco más allá y decir: «No solo el libro es de este tipo, sino que tiene este valor; aquí fracasa; aquí triunfa; esto es malo; esto es bueno». Llevar a cabo esta parte del deber de un lector requiere tal imaginación, conocimiento y aprendizaje que es difícil concebir una sola mente lo bastante dotada; es imposible, incluso para el más seguro de sí, encontrar algo más que semillas de tales poderes en sí mismo. ¿No sería, pues, más sabio renunciar a esta parte de la lectura y permitir a los críticos, las autoridades académicas de la biblioteca, que decidan la cuestión del valor absoluto del libro por nosotras? Y, no obstante, ¡es imposible! Podemos muy bien hacer hincapié en el valor de la compasión, podemos muy bien intentar someter nuestra identidad mientras leemos. Pero sabemos que no podemos compadecernos del todo o subyugarnos del todo; siempre hay un demonio en nosotros que susurra: «odio, adoro», y no podemos hacerlo callar. De hecho, es precisamente porque odiamos y adoramos por lo que nuestra relación con los poetas y novelistas es tan íntima que encontramos la presencia de otra persona intolerable. E incluso si el resultado es detestable y nuestro juicio, equivocado, aun así nuestro gusto, el nervio de la sensación que envía impulsos a través de nuestro cuerpo, es nuestra principal iluminación; aprendemos a través de los sentimientos; no podemos reprimir nuestra propia idiosincrasia sin empobrecerlos. Pero, a medida que el tiempo pasa, tal vez podemos entrenar nuestro gusto; tal vez podemos someterlo a cierto control. Cuando se ha alimentado ávida y fastuosamente de libros de todas clases —poesía, ficción, historia, biografía— y ha dejado de leer y ha buscado grandes espacios en la variedad, la incongruencia del mundo vivo, encontraremos que está cambiando un poco: no es tan ávido, es más reflexivo. Comenzará a traernos no solo juicios sobre libros particulares, sino que también nos contará que hay una cualidad común a ciertos libros. Escucha, dirá, ¿cómo vamos a llamar a ESTO? Y nos leerá tal vez *Lear* y luego, tal vez, *Agamenón*, para sacar esa cualidad común. Así, con nuestro gusto para guiarnos, nos aventuraremos más allá de los libros en particular, buscando cualidades que comparte un grupo de ellos; le daremos nombre y, con ello, enmarcaremos una norma que ordene nuestras percepciones. Adquiriremos un placer mayor y más exquisito de dicha discriminación. Pero, como una norma solo vive cuando se rompe de continuo mediante el contacto con los propios libros —nada es más fácil y embrutecedor que hacer normas que existen sin contacto con los hechos, en un vacío—, ahora, por fin, para equilibrarnos en este difícil intento, puede estar bien volver justo a los escritores tremendamente raros que son capaces de iluminarnos sobre la literatura como arte. Coleridge y Dryden y Johnson, en su criticismo considerado, los propios poetas y novelistas en sus afirmaciones consideradas, son a menudo sorprendentemente relevantes; iluminan y solidifican las vagas ideas que han estado dando tumbos en las nebulosas profundidades de nuestra mente. Pero solo son capaces de ayudarnos si llegamos a ellos cargadas de preguntas y sugerencias adquiridas con honradez en el curso de nuestras lecturas. No pueden hacer nada por nosotras si nos reunimos bajo la autoridad y cedemos como ovejas a la sombra de un seto. Solo podemos entender su gobierno cuando llega en conflicto con el nuestro propio y lo vence.

Si esto es así, si leer un libro como se ha de leer requiere las más exquisitas cualidades de la imaginación, el conocimiento y el juicio, tal vez puedan ustedes concluir que la literatura es un arte muy complejo y que es improbable que seamos capaces, incluso tras una vida de lectura, de hacer una contribución valiosa a su crítica. Hemos de seguir siendo lectoras; no perseguiremos la mayor gloria que pertenece a esos raros seres que son también críticos. Pero, aun así, mantenemos nuestra responsabilidad de lectoras e incluso nuestra importancia. Los estándares que elevamos y los juicios que hacemos se cuelan a hurtadillas en el aire y pasan a ser parte del ambiente que los escritores respiran cuando trabajan. Se crea una influencia que les afecta, aun cuando no llegue a encontrar el camino a la imprenta. Y esa influencia, si estuviese bien instruida, fuese vigorosa e individual y sincera, podría ser de gran valor ahora que la crítica ha caído necesariamente en desuso; cuando los libros pasan por reseña como la procesión de animales de una galería de tiro, y el crítico solo tiene un segundo para cargar y apuntar y disparar, y se le puede perdonar que confunda conejos con tigres, águilas con lechuzas comunes, o que ni siquiera los vea y desperdicie su disparo en alguna vaca pacífica que pasta en un campo vecino. Si, tras los erráticos disparos de la prensa, el autor sintiese que hay otra clase de crítica, la opinión de la gente que lee por amor a la lectura, lentamente y no por profesión, y juzga con gran compasión y, aun así, con gran severidad, ¿no podría esto mejorar la calidad de su trabajo? Y si, por nuestros medios, los libros se hiciesen más fuertes, ricos y variados, esto sería un fin merecedor de ser alcanzado.

Sin embargo, ¿quién lee para conseguir un fin, por deseable que este sea? ¿No hay esfuerzos que hacemos porque son buenos en sí mismos y placeres que son un fin? ¿Y no está este entre ellos? A veces he soñado, al menos, que cuando llegue el Día del Juicio Final y los grandes conquistadores y abogados y estadistas lleguen a recibir su recompensa —sus coronas, sus laureles, sus nombres grabados indeleblemente en mármol imperecedero—, el Todopoderoso se volverá a Pedro y le dirá, no sin cierta envidia cuando nos vea llegar con nuestros libros bajo el brazo: «Mira, estos no necesitan recompensa. No hay nada que podamos darles aquí. Han amado la lectura».

Rondar las calles: una aventura en Londres

1 de octubre de 1927
(Publicado en *The Yale Review*, y más tarde recogido en el volumen *The Death of the Moth and Other Essays*, 1948)

Virginia Woolf era, sin duda alguna, una *flâneuse*. Andar por Londres, la ciudad que consideraba «la pasión de su vida», era una de sus mayores libertades como mujer y una gran fuente de inspiración. Mientras caminaba, reescribía escenas en su mente; preguntarse sobre la gente que veía la impulsaba en su proyecto literario, en cómo representar la vida misma en la página; la vida que veía a su alrededor le parecía un «inmenso bloque opaco de material que tengo que convertir en lenguaje», escribía en su diario el 4 de noviembre de 1918. Woolf recorría las calles en busca de drama, llenando sus libretas con la gente que observaba pasear, comprar, trabajar o descansar, especialmente las mujeres, y lo llevaba después a su obra, como vemos en *La señora Dalloway* o en *Orlando* (novela que comenzaría unos días después de publicar este ensayo).

Una de las primeras actividades de Virginia Woolf cuando alcanzó la libertad de vivir en Bloomsbury con su hermana fue la de recorrer las librerías de Charing Cross durante toda la tarde viendo cosas que, «si hubiese podido, habría comprado». Suponemos que estas son las librerías de viejo que aparecen en estas páginas, donde la autora, de nuevo, nos invita a trabar amistad con los libros y sus autores, convirtiendo el recorrido por Londres para comprar un lápiz en casi un viaje de aventuras por tierras extrañas. La verdad: ¡quién hubiese sido aquel lápiz! ¡Quién pudiese haber respirado aquel aire color *champagne*!

Por otra parte, este ensayo enlaza de una forma muy íntima con el anterior, pues «¿Cómo se debe leer un libro?» compara la lectura y la escritura con caminar por las calles de una ciudad. Este describe los vagabundeos y las observaciones de Virginia Woolf en las calles de Londres como una forma de lectura. La autora se convierte en «un enorme ojo» que abandona «las líneas rectas de la personalidad» para «ocupar brevemente, por unos minutos, los cuerpos y las mentes de otros».

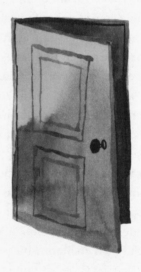

RONDAR LAS CALLES: UNA AVENTURA EN LONDRES

1 DE OCTUBRE DE 1927

The Yale Review

(En *The Death of the Moth and Other Essays*, 1948)

Nadie tal vez haya sentido nunca pasión por un lápiz de grafito. Pero existen circunstancias en las que la adquisición de uno puede llegar a ser el más vehemente de los deseos; momentos en los que nos proponemos tener un objeto, una excusa para caminar por medio Londres entre la hora del té y la de la cena. Igual que el cazador de zorros caza para conservar la raza, y el jugador de golf para conservar los espacios abiertos a salvo de los constructores, cuando nos acecha el deseo de rondar las calles, el lápiz se convierte en pretexto y, poniéndonos en pie, nos decimos: «Vaya, tengo que comprar un lápiz», como si al amparo de esta excusa pudiésemos darnos sin peligro el mayor capricho de la vida en una ciudad en invierno: vagar por las calles de Londres.

La hora tiene que ser a la tardecita y la estación del año, el invierno, pues en invierno el resplandor color *champagne* del aire y la sociabilidad de las calles son agradecidos. No se mofan de nosotros, como en verano, el ansia de sombra y soledad y el dulce aire de los campos de heno. A la tardecita, además, se nos concede la irresponsabilidad de la oscuridad y la luz de los faroles. Dejamos de ser nosotros mismos. Cuando salimos de casa en una agradable tarde entre las cuatro y las seis, nos despojamos del yo por el que nuestros amigos nos conocen, y nos convertimos en parte de ese amplio ejército republicano de anónimos caminantes cuya compañía es tan agradable tras la soledad de nuestro propio cuarto. Pues en él nos sentamos rodeados de objetos que expresan de continuo la rareza de nuestro temperamento y nos obligan a recordar nuestra propia experiencia. Ese cuenco de la repisa de la chimenea, por ejemplo, que compramos en Mantua en un día de viento. Salíamos de la tienda cuando la siniestra vieja nos tiró de la falda y dijo que se moriría de hambre pronto; pero «¡Lléveselo!», gritó, y nos puso el cuenco de porcelana azul y blanca en las manos como si quisiera que no le recordasen nunca su quijotesca generosidad. Así que, llenos de culpa, pero sospechando, de todas formas, que nos habían desplumado de mala manera, lo llevamos de vuelta al hotelito en el que, en medio de la noche, el hospedero se peleaba con tanta violencia con su esposa que todos nos asomamos al patio para mirar, y vimos las parras entrelazadas en su armazón y las estrellas blancas en el cielo. El momento cristalizó, se acuñó como una moneda indeleblemente entre un millón que se escurrieron sin darnos cuenta. Allí estaba, también, el melancólico inglés que se levantó entre las tazas de café y los veladores de hierro para revelar los secretos de su alma, como hacen los viajeros. Todo esto —Italia, la mañana de viento, las parras entrelazadas en su armazón, el inglés y los secretos de su alma— se alzan en una nube del cuenco de cerámica de la repisa de la chimenea. Y allí, cuando nuestros ojos se dirigen al suelo, está la mancha marrón de la alfombra. Fue culpa del señor Lloyd George.[1] «¡Qué demonio de hombre!», dijo el señor Cummings,[2] que dejó allí el hervidor de agua con el que estaba a punto de llenar la tetera, de manera que quemó un círculo marrón en la alfombra.

Pero, cuando la puerta se cierra a nuestra espalda, todo esto se desvanece. La especie de concha que nuestra alma ha excretado para alojarse, para crearse una forma distinta de las de otros, se rompe y, de todas esas arrugas y asperezas, queda una ostra central de percepción, un enorme ojo. ¡Qué

---

1   David Lloyd George (1863-1945) fue el primer ministro británico que dominó la escena política británica durante la última parte de la Primera Guerra Mundial.

2   Arthur J. Cummings (1882-1957), periodista, fue redactor editorial en el *News Chronicle* de Londres, donde ejerció como comentarista político. En la década de 1930, sus crónicas políticas eran de las más leídas del país.

bonita está la calle en invierno! Se revela y oscurece a la vez. Se pueden trazar, aquí, vagamente, derechas avenidas simétricas de puertas y ventanas; aquí, bajo los faroles, flotan islas de luz pálida que cruzan a toda prisa brillantes hombres y mujeres, quienes, pese a toda su pobreza y desaliño, lucen cierto aspecto de irrealidad, un aire de triunfo, como si hubiesen dado esquinazo a la vida, y la vida, a la que han birlado presa, no avanzase más que dando tumbos. Pero, en definitiva, solo estamos deslizándonos suavemente por la superficie. El ojo no es un minero, ni un buzo, ni un buscador de tesoros escondidos. Nos transporta flotando con suavidad corriente abajo; descansando, haciendo pausas, el cerebro tal vez duerme mientras mira.

Qué bonita está una calle de Londres entonces, con sus islas de luz y sus largos surcos de oscuridad, y a un lado de ella, tal vez, algún espacio salpicado de árboles, crecido de hierba, en el que la noche se repliega simplemente a dormir y, cuando pasamos la verja de hierro, oímos esos pequeños crujidos y agitaciones de las hojas y las ramitas que parecen suponer el silencio de los campos todo alrededor, una lechuza ululando y, a lo lejos, el traqueteo de un tren en el valle. Pero esto es Londres, recordamos; en lo alto, entre los árboles desnudos, cuelgan marcos rectangulares de luz amarillo rojizo: ventanas; hay puntos de brillo que arden a un ritmo constante como estrellas bajas: faroles; este suelo vacío, que contiene el campo en él y su paz, es solo una plaza de Londres, formada por oficinas y casas en las que, a esta hora, arden fieras luces sobre mapas, sobre documentos, sobre escritorios en los que los empleados vuelven con el índice húmedo las páginas de expedientes de infinitas correspondencias; o la lumbre del hogar titila y la luz de una lámpara cae sobre la intimidad de un saloncito, con sus butacas, sus periódicos, su cerámica, su mesa de taracea y la figura de una mujer, que mide con exactitud el número preciso de cucharadas de té que... Mira a la puerta como si hubiese oído un timbre abajo y alguien que pregunta si está ella en casa.

Pero aquí hemos de detenernos perentoriamente. Corremos el riesgo de excavar más profundo de lo que aprueba el ojo; estamos dificultando nuestro avance en la suave corriente, al enredarnos en alguna rama o raíz. En cualquier momento, el ejército durmiente puede agitarse y despertar en nosotros un millar de violines y trompetas en respuesta; el ejército de seres humanos puede alzarse y aseverar todas sus rarezas y sufrimientos y mezquindades. Divirtámonos un poco más, contentémonos aún con las superficies solo, con el resplandor satinado de los ómnibus a motor; el esplendor carnal de las carnicerías con sus ijadas amarillas y sus filetes púrpura; el azul y el rojo de los ramos de flores que arden tan valientemente a través de las hojas de vidrio de los escaparates de los floristas.

Pues el ojo tiene esa extraña cualidad: descansa solo en la belleza; como una mariposa, busca el color y se regodea en su calor. En una tardecita de invierno como esta, cuando la naturaleza ha intentado por todos los medios limpiarse y acicalarse por sí misma, trae de vuelta los más lindos trofeos, desgaja pedacitos de esmeralda y coral como si toda la tierra estuviese hecha de una piedra preciosa. Lo que no puede hacer (hablamos del ojo no profesional medio) es componer estos trofeos de manera que saquen a relucir los rincones y relaciones más oscuros. De ahí que, tras una prolongada dieta de este sencillo dulce de belleza pura y descompuesta, nos sintamos ahítos. Nos detengamos a la puerta de la tienda de botas y nos demos una excusita, que no tiene nada que ver con la razón real, para recoger la brillante parafernalia de las calles y retirarnos a algún cuarto más oscuro del ser donde podamos preguntar, mientras levantamos y colocamos nuestro pie izquierdo obedientemente sobre el escabel: «¿Cómo es, entonces, ser un enano?».

Entró acompañada de dos mujeres quienes, siendo de talla normal, parecían benévolas gigantas a su lado. Al sonreír a las dependientas, ellas parecieron negar toda parte en la deformidad y asegurar su protección. Lucía la expresión malhumorada, pero de disculpa, habitual en las caras de los deformes. Necesitaba su amabilidad, pero las odiaba por ello. Pero, cuando la dependienta había sido convocada y las gigantas, sonriendo con indulgencia, habían pedido zapatos para «esta señorita» y la chica había empujado el escabel frente a ella, la enana sacó el pie con un ímpetu que parecía reclamar toda nuestra atención. ¡Mirad esto! ¡Mirad esto!, parecía exigirnos a todas sacando así el pie, pues, ¡vaya!, era el pie bien formado, perfectamente proporcionado, de una mujer adulta. Tenía el puente arqueado; era aristocrático. Toda su actitud cambió cuando lo miró allí reposando sobre el escabel. Parecía calmada y satisfecha. Su actitud se llenó de confianza. Pidió un zapato tras zapato; se probó par tras par. Se levantó e hizo piruetas ante un espejo que reflejaba solo el pie calzado con zapatos amarillos, zapatos de ante beis, zapatos de piel de lagarto. Se levantó las breves faldas y mostró sus piernecitas. Pensaba que, al fin y al cabo, los pies son la parte más importante de todo el cuerpo; hay mujeres, se dijo, a las que han amado solo por sus pies. No viendo nada salvo sus pies, se imaginaba tal vez que el resto de su cuerpo era el que correspondía a esas hermosuras. Vestía desaliñada, pero estaba dispuesta a no escatimar en sus zapatos. Y, como esta era la única ocasión en la que no temía que la mirasen, sino que llamaba la atención positivamente, estaba dispuesta a usar cualquier triquiñuela para prolongar la elección y las pruebas. Mirad mis pies, parecía estar diciendo, mientras daba un paso a un lado y luego un paso al otro. La dependienta debió de decir animosamente algo halagador, pues de pronto la cara se le iluminó de éxtasis. Pero, al final, las gigantas, aun siendo benévolas, tenían asuntos propios de los que ocuparse; debía decidirse; debía resolver cuáles elegiría. Por fin, eligió un par y, al salir entre sus dos guardianas, con el paquete colgando del dedo, el éxtasis se esfumó, volvió la conciencia, el antiguo mal humor, el antiguo aire de disculpa y, para cuando había llegado a la calle, no era de nuevo más que una enana.

Pero había cambiado el ambiente; había hecho posible una atmósfera que, cuando la seguimos a la calle, parecía en realidad crear los gibosos, los encorvados, los deformes. Dos hombres de barba, hermanos en apariencia, del todo ciegos, apoyándose con una mano en la cabeza de un niño entre ellos, marchaban calle abajo. Avanzaban con el paso inflexible pero tembloroso de los ciegos, que parece prestar a su acercamiento algo del terror y la inevitabilidad del destino que los ha arrasado. Al pasar, muy erguidos, el pequeño convoy parecía surcar el flujo de viandantes con el ímpetu de su silencio, su franqueza, su catástrofe. De hecho, la enana había comenzado una grotesca danza a la pata coja a la que todo el mundo en la calle se adaptaba ahora: la señora rechoncha apretada en lustrosa piel de foca; el chico tonto que chupaba el puño plateado de su bastón; el viejo achaparrado en un umbral como si, sobrepasado de pronto por el absurdo del espectáculo humano, se hubiese sentado a mirarlo... Todos se unieron a los saltos y el taconeo de la danza de la enana.

¿En qué grietas y hendiduras, podríamos preguntarnos, habitaba esta lisiada compañía de la altura y la ceguera? Aquí, tal vez, en las altas buhardillas de estos estrechos edificios viejos entre Holborn y el Soho, donde la gente tiene nombres tan extraños, y se dedica a tantos negocios curiosos: son batidores de oro, plegadores de acordeones, forran botones, o nos ayudan a vivir, de una forma aún más fantástica, con un tráfico de tazas sin platillo, mangos de paraguas de cerámica y dibujos a todo color de santos mártires. Ahí habitan, y parece como si la señora con la chaqueta de piel de foca tuviese que encontrar la vida tolerable, pasando el tiempo del día con el plegador de acordeones, o con el hombre que forra botones; una vida tan fantástica no puede ser del todo trágica. No nos guardan rencor, meditamos, por nuestra prosperidad; cuando, de pronto, al volver la esquina, nos encontramos con un judío de barbas, feroz, muerto de hambre, mirando con odio desde su miseria; o nos cruzamos con el giboso cuerpo de una anciana abandonada como un trapo en los escalones de un edificio público, con una capa sobre ella como la apresurada cubierta que se arroja sobre un caballo o un burro muerto. Ante estas visiones, se nos eriza el espinazo; una repentina llamarada se enciende en nuestros ojos; una pregunta se formula que no obtiene nunca respuesta. Muy a menudo estos abandonados eligen yacer a dos pasos de los teatros, al alcance del oído de los organillos, casi, cuando avanza la noche, al tacto de las capas de lentejuelas y las brillantes piernas de las señoras que salen a cenar y bailar. Yacen cerca de esos escaparates en los que los negocios ofrecen, a un mundo de ancianas tiradas en los umbrales, de hombres ciegos, de enanas que renquean, sofás que se apoyan en los cuellos dorados de hermosos cisnes; mesas de taracea con cestas de fruta multicolor; aparadores coronados de mármol verde para soportar mejor el peso de las cabezas de jabalí; y de alfombras tan blandas por el tiempo que sus claveles casi han desaparecido en un pálido mar verde.

Al pasar echando un vistazo, todo parece accidental pero milagrosamente salpicado de belleza, como si la marea del comercio que deposita su carga tan puntual y prosaicamente en las orillas de Oxford Street hubiese esta noche arrojado sobre ella solo tesoros. Sin pensar en comprar, el ojo es juguetón y generoso; crea; adorna; mejora. Pasando por la calle, podemos construir todas las habitaciones de una casa imaginaria y amueblarlas a nuestro antojo con sofás, mesas, alfombras. Esa de ahí es perfecta para el vestíbulo. Ese cuenco de alabastro lo pondremos en una mesa tallada junto a la ventana. Nuestra diversión se reflejará en ese grueso espejo redondo. Pero, habiendo construido y amueblado la casa, no tenemos, por fortuna, la obligación de poseerla; podemos deshacerla en un abrir y cerrar de ojos, y construir y amueblar otra casa con otras sillas y otros espejos. O nos podemos permitir un capricho en los antiguos joyeros, entre las bandejas de anillos y los collares que cuelgan. Elijamos esas perlas, por ejemplo, y luego imaginemos cómo, si nos las ponemos, nos cambiarán la vida. Son de inmediato entre las dos y las tres de la mañana; los faroles arden al rojo vivo en las calles desiertas de Mayfair. Solo los automóviles están fuera a estas horas, y tenemos una sensación de vacío, de ligereza, de alegría solitaria. Con nuestras perlas, con nuestras sedas, salimos a un balcón con vistas a los jardines del dormido Mayfair. Hay unas pocas luces en los dormitorios de los grandes lores que han vuelto de los tribunales, de los lacayos con medias de seda, de las viudas que han dado la mano a los estadistas. Un gato trepa el murete del jardín. Se hace el amor en bisbiseos, con la seducción de los rincones más oscuros de la habitación tras las gruesas cortinas verdes. Paseando lentamente como si estuviese paseando por una terraza bajo la que los condados de Inglaterra yacen bañados de sol, el anciano primer ministro cuenta a lady Zutana de Cual, con rizos en el cabello y cubierta de esmeraldas, la verdadera historia de alguna gran crisis en los asuntos del país. Parece que estemos haciendo equilibrios sobre el palo mayor del mayor de los barcos; y, sin embargo, al mismo tiempo, sabemos que nada de esto importa; el amor no se prueba así, ni los grandes logros se completan así; así que jugamos con el momento y nos arreglamos las plumas con ligereza, mientras estamos en el balcón contemplando a la luz de la luna al gato que recorre el murete del jardín de la princesa María.[3]

---

3   O sea, la tía de la reina Isabel II de Inglaterra, hermana de su padre.

Pero ¿qué puede ser más absurdo? Acaban de dar, en realidad, las seis; es una noche de invierno; estamos recorriendo el Strand para comprar un lápiz. ¿Cómo, entonces, estamos también en un balcón, luciendo unas perlas, en junio? ¿Qué puede ser más absurdo? No obstante, es la locura de la naturaleza, no la nuestra. Cuando se puso con su pieza maestra, crear al hombre, debería haber pensado solo en una cosa. En cambio, volviendo la cabeza, mirando por encima del hombro, en cada uno de nosotros dejó colarse instintos y deseos que están en total desacuerdo con el ser principal, de forma que somos veteados, jaspeados, toda una mezcla; los colores se han desteñido. ¿Es el ser verdadero este que está en la acera en enero, o ese que se asoma al balcón en junio? ¿Estoy aquí o estoy allí? ¿O el ser verdadero no es ni este ni ese, no está ni aquí ni allí, sino algo tan variado y errante que es solo cuando damos rienda a sus deseos y lo dejamos tomar su camino sin impedimentos que somos, de hecho, nosotros mismos? Las circunstancias imponen unidad; por conveniencia, un hombre debe ser un todo. El buen ciudadano, al abrir la puerta de su casa por la noche, debe ser banquero, golfista, esposo, padre; no un nómada que ronda el desierto, un místico que contempla el cielo, un libertino en los suburbios de San Francisco, un soldado que se dirige a la revolución, un paria que aúlla con escepticismo y soledad. Cuando abre la puerta, debe atusarse el pelo con los dedos y dejar el paraguas en el perchero como los demás.

Pero aquí, ya era hora, están las librerías de viejo. Aquí encontramos fondeadero en estas corrientes malogradas del ser; aquí nos equilibramos tras los esplendores y las miserias de las calles. La mera visión de la esposa del librero con su pie en el guardafuego, sentada junto a un buen fuego de carbón, parapetada de la puerta, es aleccionadora y alegre. Nunca está leyendo, o solo el periódico; su charla, cuando deja la venta de libros, lo que hace con alegría, es sobre sombreros; le gusta que los sombreros sean prácticos, dice, además de bonitos. Ah, no, no viven en la tienda; viven en Brixton; necesita un parche verde en el que perder la vista. En verano coloca un jarrón de flores de su propio jardín encima de alguna pila polvorienta para animar la tienda. Hay libros por todas partes; y siempre nos llena la misma sensación de aventura. Los libros de segunda mano son libros salvajes, libros sin hogar; se han juntado en amplias bandadas de abigarradas plumas, y tienen un encanto del que carecen los tomos domesticados de una biblioteca. Además, en esta compañía aleatoria podemos rozarnos con algún extraño que se convertirá, con suerte, en el mejor amigo que hayamos tenido en el mundo. Siempre hay esperanza, cuando alcanzamos algún libro grisáceo de un estante alto, llevados por su aire de desaliño y deserción, de encontrar aquí a un hombre que partió a lomos de su caballo hace más de cien años para explorar el mercado de la lana en la región central de Inglaterra y Gales; un viajero desconocido que se alojó en posadas, bebió sus pintas, observó a las hermosas muchachas y las serias tradiciones, las describió con frialdad, laboriosamente por puro amor (el libro lo publicó a su costa); era infinitamente verboso, estaba ocupado y era práctico, y así dejó fluir sin saberlo hasta el aroma de la malva loca y el heno, junto con tal retrato de sí mismo que le concede para siempre un asiento en el cálido rincón junto a la chimenea de nuestra mente. Nos lo podemos llevar por dieciocho peniques.[4] Está marcado a tres y seis peniques, pero la mujer del librero, viendo lo sucias que están las tapas y lo mucho que lleva el libro en la tienda desde que lo compraron en la venta de la biblioteca de algún caballero de Suffolk, nos lo dejará por eso.

Así, mirando por la librería, hacemos otras amistades repentinas y caprichosas con los desconocidos y los desaparecidos cuyo único registro es, por ejemplo, este librito de poemas, tan finamente impreso, tan finamente grabado, asimismo, con un retrato del autor. Pues fue un poeta que murió prematuramente ahogado, y sus versos, blandos como son y formales y sentenciosos, aún emiten un leve sonido aflautado como el de una pianola tocada en una callejuela por un viejo organillero italiano resignado, que viste una chaqueta de pana. Hay viajeras también, en hilera tras hilera, aún dando testimonio, solteronas indomables que eran, de las incomodidades que sufrieron y de las puestas de sol que admiraron en Grecia cuando la reina Victoria aún era una niña. Una jira en Cornwall con visita a las minas de estaño que se pensó que merecía un registro voluminoso. La gente remontaba lentamente el Rin, y se hacían retratos unos de otros en tinta china,

---

4   Aproximadamente 1,54 euros hoy, sin contar la inflación. Los tres con seis peniques de más adelante serían hoy unos 8,35 euros, de nuevo sin contar la inflación.

sentados leyendo en la cubierta junto a un rollo de maroma; medía las pirámides; se perdía de la civilización durante años; convertía a los negros de los pantanos pestilentes. Este hacer el equipaje y partir, explorar desiertos y contagiarse de fiebres, asentarse en India para toda una vida, llegar incluso a China y luego volver para llevar una vida provinciana en Edmonton, se vuelve y revuelve sobre el suelo polvoriento como un mar intranquilo, tan inquietos son los ingleses, con las olas a sus puertas. Las aguas del viaje y la aventura parecen romper en islitas de un esfuerzo serio y de una vida que se apila en columnas dentadas sobre el suelo. En estos montones de tomos encuadernados en color castaño, con monogramas dorados en la contraportada, clérigos meditabundos explican los evangelios; se oye a los eruditos con sus mazos y sus cinceles desenterrar los textos antiguos de Eurípides y Asclepio. El pensamiento, las anotaciones, las explicaciones siguen a una velocidad prodigiosa todo a nuestro alrededor y, sobre todas las cosas, como una marea puntual, eterna, salpica el antiguo mar de la ficción. Innumerables volúmenes nos cuentan cómo Arthur amaba a Laura, y que los separaron y fueron infelices, y que luego se encontraron y fueron felices para siempre, como solía pasar cuando Victoria gobernaba estas islas.

El número de libros en el mundo es infinito, y nos vemos forzados a echar un vistazo y asentir y seguir adelante al cabo de un momento de charla, una chispa de comprensión surge fuera, en la calle, al captar una palabra de paso y, de una frase al azar, fabricamos una vida. Es sobre una mujer llamada Kate sobre la que hablan, sobre cómo «le dije muy claramente anoche que... si no crees que merezco ni un sello, dije...». Pero quién es Kate y a qué crisis de su amistad se refiere ese sello nunca lo sabremos; pues Kate se hunde bajo el calor de su volubilidad; y aquí, en la esquina de la calle, otra página del volumen de la vida se abre al ver a dos hombres conversando bajo un farol. Están deletreando el último telegrama de Newmarket[5] en las noticias de última hora. ¿Es que creen que la fortuna convertirá alguna vez sus harapos en pieles y velarte, prenderá leontinas y plantará alfileres de diamantes donde hay ahora una camisa abierta hecha jirones? Pero la

---

5   Los dos hombres están comprobando los resultados de las carreras de caballos de Newmarket.

corriente principal de caminantes a esta hora avanza demasiado rápida para permitirnos hacerles preguntas. Los arrastra, en este corto trayecto del trabajo a casa, un sueño narcótico, ahora que son libres del escritorio y tienen el aire fresco en las mejillas. Llevan puestas las prendas brillantes que deben colgar y cerrar bajo llave durante el resto del día, y son grandes jugadores de críquet, actrices famosas, soldados que han salvado a su país en la hora de la necesidad. Soñando, gesticulando, a menudo mascullando unas pocas palabras, avanzan por el Strand y cruzan el puente de Waterloo, donde se colgarán de largos trenes traqueteantes hasta alguna cursi villita en Barnes o Surbiton, donde la vista del reloj en el vestíbulo y el olor de la cena en el sótano harán trizas su sueño.

Pero ya hemos llegado al Strand y, mientras dudamos en el bordillo, una varita de la longitud de un dedo comienza a frenar la velocidad y la abundancia de la vida. «Tengo que, de verdad tengo que...», eso es. Sin investigar la solicitud, la mente se encoge ante el acostumbrado tirano. Tenemos que, siempre tenemos que hacer una cosa u otra; no se nos permite divertirnos sin más. ¿No es por esa razón por la que, hace algún tiempo ya, fabricamos la excusa e inventamos la necesidad de comprar algo? Pero ¿qué era? Ah, lo recordamos: era un lápiz. Vamos, pues, a comprarlo. Pero, justo cuando estamos volviendo la esquina en obediencia a la orden, otro yo disputa el derecho del tirano a insistir. Se produce el conflicto habitual. Extendido tras la varita del deber vemos toda la amplitud del río Támesis: ancho, lúgubre, pacífico. Y lo vemos a través de los ojos de alguien que se inclina sobre el Embankment en una noche de verano, sin una preocupación en el mundo. Retrasemos la compra del lápiz; vayamos en busca de esa persona... y pronto se hace obvio que esa persona somos nosotros mismos. Pues, si pudiésemos estar donde estábamos hace seis meses, ¿no estaríamos de nuevo como estábamos entonces: calmados, distantes, satisfechos? Intentémoslo pues. Pero el río es más bravo y gris de lo que lo recordábamos. La marea corre hacia el mar. Lleva consigo un remolcador y dos barcazas, cuya carga de paja está fuertemente atada bajo las cubiertas de lona alquitranada. Hay, también, cerca de nosotros, una pareja apoyada en la balaustrada, con la curiosa falta de conciencia de los amantes, como si la importancia del asunto que los ocupa reclamase sin cuestión la indulgencia de la raza humana. Las vistas que ahora vemos y los sonidos que ahora oímos no tienen ninguna de las cualidades del pasado; ni nosotros participamos en la serenidad de la persona que, hace seis meses, estaba precisamente donde estamos ahora. Suya es la felicidad de la muerte; nuestra la inseguridad de la vida. Ella no tiene futuro; el futuro invade, incluso ahora, nuestra paz. Es solo cuando miramos al pasado y le quitamos el elemento de incertidumbre cuando podemos disfrutar una paz perfecta. Las cosas como son, tenemos que volver, tenemos que cruzar de nuevo el Strand, tenemos que encontrar una tienda en la que, incluso a esta hora, estén dispuestos a vendernos un lápiz.

Es siempre una aventura entrar en un nuevo lugar, pues las vidas y los caracteres de sus dueños han destilado su ambiente en él y, en cuanto entramos, arrostramos una nueva ola de emoción. Aquí, sin ninguna duda, en la papelería, ha habido personas discutiendo. Su ira saltó por los aires. Los dos pararon; la anciana —evidentemente, eran marido y mujer— se retiró a la trastienda; el anciano, cuya redondeada frente y ojos saltones no habrían desentonado en la portada de alguna edición isabelina en folio, se quedó para servirnos.

—Un lápiz, un lápiz —repetía—, desde luego, desde luego.

Habló con la distracción, pero la efusividad, de alguien cuyas emociones se han alterado y controlado a toda prisa. Comenzó a abrir una caja tras otra y a cerrarlas de nuevo. Dijo que era muy difícil encontrar algo entre tantos artículos distintos. Se lanzó a una historia sobre algún hombre de leyes que se había metido en líos por la conducta de su mujer. Lo conocía desde hacía años; llevaba relacionándose con el colegio de abogados medio siglo, dijo, como si desease que su esposa en la trastienda lo oyese. Tiró una caja de bandas de goma. Al final, exasperado por su propia incompetencia, empujó la puerta batiente y llamó a gritos:

—¿Dónde has puesto los lápices? —Como si la mujer los hubiese escondido.

La anciana entró. Sin mirar a nadie, puso la mano con un elegante aire de recta superioridad en la caja que era. Había lápices. ¿Cómo iba él, entonces, a pasarse sin ella? ¿No era indispensable para él? Para mantenerlos ahí, uno al lado del otro en forzada neutralidad, había que ser particular en los lápices buscados; este era demasiado blando, ese demasiado duro. Miraban en silencio. Cuanto más llevaban allí, más se calmaban; su fogosidad se iba mitigando; su ira, desapareciendo. Así, sin que ellos cruzasen palabra, cedía la pelea. El anciano que no habría deshonrado la portada de Ben Johnson devolvió la caja a su sitio, hizo una profunda inclinación de cabeza para darnos las buenas noches, y desaparecieron. Ella iría a coser; él leería el periódico; el canario los salpicaría con su pienso sin contemplaciones. La pelea había terminado.

En esos minutos en los que hemos buscado un fantasma, hemos arreglado una pelea y hemos comprado un lápiz, las calles se habían vaciado del todo. La vida se había retirado al último piso y se habían encendido los faroles. El suelo estaba seco y duro; la carretera era de plata batida. Caminando a casa a través de la desolación, nos podíamos contar la historia de la enana, de los ciegos, de la fiesta en la mansión de Mayfair, de la pelea en la papelería. En cada una de estas vidas podíamos penetrar un poco, lo suficiente para hacernos la ilusión de que no estamos atados a una sola mente, sino que podemos ocupar brevemente, por unos minutos, los cuerpos y las mentes de otros. Podemos convertirnos en una lavandera, en la encargada de un bar, en un cantante en la calle. Y qué mayor placer y maravilla puede haber que dejar las líneas rectas de la personalidad y desviarnos por esos caminos que llevan, por entre las zarzas y los gruesos troncos, hasta el corazón del bosque en el que viven esas bestias salvajes, hombres como nosotros.

Eso es cierto: escapar es el mayor de los placeres; callejear en invierno, la mayor de las aventuras. Aun así, mientras nos acercamos a la puerta de nuestra casa, es reconfortante sentir las viejas posesiones, los viejos prejuicios, envolvernos de nuevo en ellos; y el yo, que se ha visto agitado de aquí para allá en tantas esquinas, que ha revoloteado como una polilla en torno a la llama de tantos farolillos inaccesibles, cobijado y a salvo. Aquí de nuevo está la puerta habitual; aquí la silla girada como la dejamos al irnos y el cuenco de porcelana y el círculo marrón en la alfombra. Y aquí —examinémoslo con ternura, toquémoslo con reverencia— está el único botín conseguido entre los tesoros de la ciudad: un lápiz de grafito.

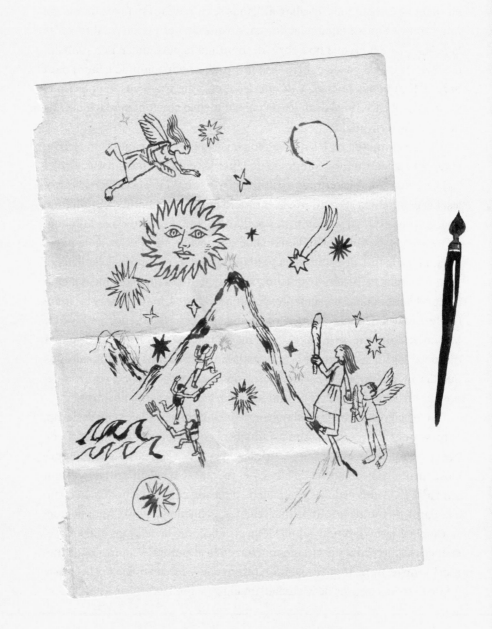

LA VIDA Y EL NOVELISTA

7 de noviembre de 1926
(Publicado en *The New York Herald Tribune* y más tarde
recogido en el volumen *Granite and Rainbow*, 1958)

Virginia Woolf publicó en vida dos volúmenes de ensayos: las dos series de *El lector común* (1925 y 1932). Tras su muerte, su viudo Leonard Woolf se dedicó a recoger los ensayos de cierta calidad que ella no había incluido en los dos volúmenes citados. Había muchísimos; la mayoría habían encontrado su lugar en alguna publicación, pero algunos nunca encontraron hueco. En cualquier caso, fueron suficientes para tres volúmenes póstumos: *The Death of the Moth* (La muerte de la polilla, 1942), *The Moment* (El momento, 1947) y *The Captain's Death Bed* (El lecho de muerte del capitán, 1950). Más tarde, las investigaciones de dos especialistas en Woolf, B. L. Kirkpatrick y la doctora Mary Lyon, en colaboración con Leonard Woolf, dieron como resultado un cuarto volumen de ensayos, *Granite and Rainbow* (Granito y arcoíris, 1958), todos ellos publicados por la Hogarth Press.

En «La vida y el novelista», tan alejado de la crítica convencional (en realidad, reseñaba *A Deputy Was King* [El suplente hecho rey], de Gladys B. Stern), Woolf habla tanto de la forma de escribir de la señorita Stern como de la que ella está desarrollando como propia. En el ensayo se percibe la preocupación de la autora por la ficción y por esa nueva forma de fragmentarla y contarla desde el detalle que ensaya y consigue desde *El cuarto de Jacob* (1922).

Como ejemplo del desarrollo de la propia forma de escritura de Woolf —desde una más parecida a la que critica en Stern (centrada en contarlo todo), aunque mucho más comedida que en la autora de *A Deputy Was King*, hasta la fragmentada del flujo de la conciencia y el pensamiento individual que se manifiesta por primera vez en *El cuarto de Jacob*— me gustaría presentar dos fragmentos de su obra de ficción:

Tras una pausa de unos minutos, el padre, la hija y el yerno que tocaba la trompa tocaron a una. Como las ratas que siguieron al flautista, las cabezas aparecieron al momento en la puerta. Hubo otro toque de trompa; y luego el trío se lanzó espontáneo al ritmo triunfante de un vals. Era como si la habitación se hubiese inundado de pronto con agua. Tras un momento de duda, primero una pareja, luego otra, saltaron a la corriente y giraron y giraron en los remolinos. El rítmico frufrú de los bailarines sonaba como un torbellino de agua. Por grados, la sala fue haciéndose notablemente más calurosa. El olor de los guantes de cabritilla se mezclaba con la fuerte fragancia de las flores. Los remolinos parecieron circular más y más rápido, hasta que la música se aceleró hacia un choque, cesó, y los círculos se hicieron añicos. Las parejas se separaron en distintas direcciones, dejando una fina hilera de ancianos pegados a las paredes, y aquí y allá un trozo de un adorno del vestido o un pañuelo o una flor tendidos en el suelo. Hubo una pausa, y luego la música comenzó de nuevo, los remolinos giraron, las parejas circularon en torno a ellos, hasta que hubo un choque, y los círculos se hicieron añicos.

Viaje de ida (1915)

—Pero puede que haga bueno; yo creo que hará bueno —dijo la señora Ramsay, empezando a menguar, con gesto nervioso, en el calcetín marrón rojizo que estaba tejiendo.

Caso de que lo acabara esa noche y de que fueran por fin al Faro, se lo llevaría al torrero para su hijo, que tenía tuberculosis de cadera, junto con un montón de revistas atrasadas, algo de tabaco y todo lo que pudiera encontrar tirado por la casa y que no sirviera más que de estorbo, por llevarle algo a esa pobre gente que se debía aburrir de muerte, todo el día allí sin nada que hacer más que sacarle brillo a la lámpara del faro, ajustarle la mecha y rastrillar aquella birria de jardín, algo para que se entretuvieran un poco. «¿Quién podría aguantar —se preguntaba— vivir encerrado durante un mes entero, o incluso más en tiempo de borrasca, en un promontorio del tamaño de un campo de tenis? Y no recibir cartas, ni periódicos ni visitas, y si eres casado no ver a tu mujer ni tener idea de cómo andan tus hijos, no saber si están enfermos, si se han caído y han podido romperse un brazo o una pierna, no ver otra cosa que las mismas olas monótonas de siempre rompiendo una semana tras otra, y una horrible tormenta que se avecina, y las ventanas salpicadas de espuma y los pájaros estrellándose contra la lámpara y todo el promontorio sacudido, sin que te atrevas a asomarte fuera por miedo a que te barran los embates del mar». «¿Quién aguantaría una vida así? —preguntaba, dirigiéndose especialmente a sus hijas—. Por eso mismo —añadía luego en otro tono— tenemos que llevarles todo el consuelo que podamos».

Al Faro (1927)

En estos dos fragmentos, se puede ver cómo evoluciona la narrativa de Woolf a lo largo de una década hacia lo que marcará la novedosa aportación de la novelista a la literatura universal.

LA VIDA Y EL NOVELISTA

7 DE NOVIEMBRE DE 1926
The New York Herald Tribune
(En *Granite and Rainbow*, 1958)

E l novelista —es su condición y su contingencia— está terriblemente expuesto a la vida. Otros artistas, en parte al menos, se retraen; se encierran durante semanas en soledad, con una fuente de manzanas y una caja de pinturas, o con un rollo de papel pautado y un piano. Cuando emergen es para olvidarse y distraerse. Pero el novelista nunca olvida y raramente se distrae. Llena su copa y enciende su cigarrillo, disfruta supuestamente de todos los placeres de la conversación y la sobremesa, pero siempre con una sensación de que está siendo estimulado y explotado por la materia de su arte. El gusto, el sonido, el movimiento, unas palabras aquí, un gesto allá, un hombre que entra, una mujer que sale, incluso el motor que pasa por la calle o el pordiosero que arrastra los pies en la acera, y todos los rojos y los azules y las luces y las sombras de la escena reclaman su atención y estimulan su curiosidad. No puede frenar el flujo de impresiones igual que un pez no puede frenar, en medio del océano, la corriente de agua que pasa por sus agallas.

Pero, si esta sensibilidad es una de las circunstancias de la vida del novelista, es obvio que todos los escritores cuyos libros sobreviven han sabido cómo dominarla y hacerla servir a sus propósitos. Han bebido el vino y pagado la cuenta y se han ido, en soledad, a un cuarto aislado en el que, con esfuerzo y despacio, en agonía (como Flaubert), con prisa y forcejeo, en un tumulto (como Dostoievski), han dominado sus percepciones, las han templado y las han cambiado para formar el tejido de su arte.

Tan drástico es el proceso de selección que, en su estado final, a menudo no logramos encontrar rastro de la escena real en la que se basa el capítulo. Pues, en ese cuarto aislado, cuya puerta los críticos no dejan de intentar abrir, se desarrollan procesos de la más extraña naturaleza. Se somete la vida a un millar de disciplinas y ejercicios. Se la doma; se la mata. Se la mezcla con esto, se la refuerza con aquello, se la contrasta con alguna otra cosa; de modo que, cuando obtenemos nuestra escena en un café un año más tarde, las señales superficiales por las que la recordábamos han desaparecido. Y emerge de la niebla algo austero, algo formidable y duradero, el esqueleto sustancial sobre el que se fundó nuestro torrente de indiscriminada emoción.

De estos dos procesos, el primero —recibir las impresiones— es indudablemente el más fácil, el más sencillo y el más placentero. Y es muy posible, si se está dotado de un temperamento lo bastante receptivo y de un vocabulario lo suficientemente rico para satisfacer sus exigencias, hacer un libro de esta emoción preliminar por sí sola. Tres cuartos de las novelas que aparecen hoy día están confeccionadas con experiencias a las que no se ha aplicado más disciplina que el suave freno de la gramática y los rigores ocasionales de la división por capítulos. ¿Es *A Deputy Was King*[1] de la señorita Stern otro ejemplo de esta clase de escritura? ¿Se ha llevado su material con ella a la soledad? ¿O no es ni lo uno ni lo otro, sino una mezcla incongruente de blando y duro, pasajero y duradero?

---

1 Gladys Bronwyn (G. B.) Stern (1800-1973) escribió numerosas novelas, relatos, memorias y biografías. Fue una autora popular en la época y adaptada varias veces al cine. *A Deputy Was King* (El suplente hecho rey), publicado en 1926, es el segundo volumen de la serie más exitosa de la autora: *The Matriarch* (La matriarca), título del primer libro (1924), que continuaría con *Mosaic* (Mosaico, 1926), *Shining and Free* (Brillante y libre, 1935) y *The Young Matriarch* (La joven matriarca, 1942). Estos libros cuentan la historia de las familias Rakonitz y Czelovar, dos ricas familias judías que se asientan en Inglaterra tras huir de Hungría, Polonia, Rusia y Austria, y que se arruinan en la crisis de los diamantes. La saga familiar se basa en la historia de la familia de la propia autora.

A Deputy Was King continúa la historia de la familia Rakonitz, que comenzó hace algunos años con *The Matriarch*. Es una reaparición bienvenida, pues la familia Rakonitz es una familia talentosa y cosmopolita con la cualidad admirable, tan rara en la ficción inglesa actual, de no pertenecer a ninguna secta en particular. No hay parroquia que la contenga. Se derrama por el continente. Se los puede encontrar en Italia y en Austria, en París y en Bohemia. Si se alojan temporalmente en algún apartamento de Londres, no se condenan por ello a llevar para siempre la librea de Chelsea, o de Bloomsbury, o de Kensington. Bien nutridos con una dieta de carnes generosas y vinos excepcionales, vestidos de manera cara pero exquisita, forrados envidiable pero inexplicablemente de dinero, no se atienen a ninguna clase ni a ninguna convención, excepto por el año 1921; es esencial que estén al día. Bailan, se casan, viven con este hombre o con aquel; disfrutan del sol italiano; entran y salen de las casas y apartamentos de unos y otros en enjambre, cotilleando, riñendo, volviendo a hacer las paces. Pues, al fin y al cabo, además de obligarse a la moda, están, consciente o inconscientemente, bajo el influjo de los vínculos familiares. Tienen esa tenacidad judía de afecto que los apuros habituales han engendrado en una raza marginada. Son, por tanto, a pesar de su gregarismo superficial, fundamentalmente leales los unos a los otros en su interior. Toni y Val y Loraine pueden discutir y hacerse pedazos en público, pero en privado las mujeres Rakonitz están indisolublemente unidas. El episodio actual de la historia familiar, que, aunque introduce a los Goddard y narra la boda de Toni y Giles Goddard, es en realidad la historia de una familia, y no de un hecho, se detiene, de forma puntual seguramente, en una villa italiana de diecisiete dormitorios, de manera que los tíos, las tías, los primos puedan ir y alojarse todos allí. Pues Toni Goddard, con toda su moda y su modernidad, preferiría acoger a tíos y tías que recibir a emperadores, y un primo segundo al que no ha visto desde que eran niños es un premio superior a los rubíes.

De tales materiales seguramente se podría hacer una buena novela: eso es lo que nos pillamos diciendo después de leer un centenar de páginas. Y esa voz, que no es del todo la nuestra, sino la voz de ese espíritu disidente que puede separarse y llevar su propio camino mientras leemos, debe ser cuestionada al momento, para que sus comentarios no arruinen el placer en su conjunto. ¿Qué quiere decir, entonces, al insinuar este sentimiento de duda, reticente, en medio de nuestro bienestar general? Hasta entonces, nada ha interferido con nuestro entretenimiento. Aparte de ser una misma una Rakonitz, de participar realmente en una de esas «veladas de diamante», bailar, beber, flirtear con la nieve sobre el tejado, con el gramófono tocando a todo volumen *It's moonlight in Kalua*; aparte de ver a Betty y a Colin «ligeramente grotescos avanzando... en todo su esplendor; el terciopelo extendido como una enorme copa invertida en torno a los pies de Betty, mientras deshojaba, sobre la tira de nieve pura y centelleante, la absurda maraña de plumas del casco de Colin»; aparte de asirnos a todo este brillo y esta fantasía con nuestros propios dedos, ¿qué es mejor que la narración que hace la señorita Stern de ellos?

La voz reticente concederá que es todo muy brillante; reconocerá que un centenar de páginas han pasado rápidas como un seto visto desde el tren expreso; pero reiterará que en todo esto hay algo que está mal. Un hombre puede huir con una mujer sin que lo notemos. Eso es una prueba de que no hay valores. No hay forma para estas apariciones. Una escena se funde en la siguiente; un personaje en otro. Las personas surgen de una niebla de charlas, y vuelven a hundirse en ella. Son blandas e informes con las palabras. No hay forma de asirlas.

La carga tiene sustancia porque es verdad, si lo pensamos bien, que Giles Goddard puede huir con Loraine, y es para nosotros como si alguien se hubiese levantado y salido del cuarto: algo sin importancia. Nos hemos permitido reposar en las apariencias. Toda esta representación del movimiento de la vida ha agotado nuestro poder de la imaginación. Nos hemos sentado receptivos y hemos observado, con los ojos más que con la mente, como hacemos en el cine, lo que pasa en la pantalla ante nosotros. Cuando queremos usar lo que hemos aprendido sobre uno de los personajes para animarlo en una crisis, nos damos cuenta de que no tenemos empuje; nada de energía a nuestra disposición. Cómo iban vestidos, lo que comían, la jerga que usaban: todo esto lo sabemos, pero no lo que eran. Pues lo que sabemos sobre estas personas se nos ha dado (con una excepción) siguiendo los métodos de la vida. Los personajes se han construido respetando la incoherencia, las secuencias naturales frescas de una persona que, como desea contar la vida de un amigo, se interrumpe un millar de veces para recordar algo, o añadir algo olvidado, de manera que, al final, aunque sentimos que hemos presenciado la vida, la vida en cuestión sigue siendo vaga. Este método precario, este reparto generoso de frases que rebosan la brillantez de las palabras que viven en los labios reales, es admirable para un propósito, desastroso para otro. Todo es fluido y gráfico; pero ningún personaje o situación emerge limpiamente. Rastros de materia extraña quedan como rebabas en los bordes. A pesar de toda su brillantez, las escenas están empañadas; las crisis están borrosas. Un fragmento de descripción aclarará tanto el mérito como el defecto del método. La señorita Stern quiere que notemos la belleza de un mantón de Manila:

> Mirándolo, se podría creer que no se había visto un bordado antes, pues era la culminación de todo lo brillante y exótico. Los pétalos de las flores estaban trabajados en un llameante patrón alrededor de las anchas cintas de bordado azulón; y, de nuevo, alrededor de cada óvalo, que estaba tejido con una garza plateada de un largo pico verde y, tras sus alas extendidas, un arcoíris. Todo entre arabescos plateados se posaban delicadas mariposas, mariposas doradas y mariposas negras, y mariposas que eran doradas y negras. Cuanto más de cerca se miraba, más había que ver: intricadas marcas en las alas de las mariposas, color púrpura y verde hierba y albaricoque...

Como si no tuviésemos ya bastante que ver, continúa añadiendo cómo salían pequeños estambres de cada flor, y había círculos rodeando el ojo de cada cigüeña, hasta que el mantón de Manila vacila ante nuestros ojos y se funde en un borrón brillante.

El mismo método aplicado a la gente obtiene el mismo resultado. Una cualidad se añade a otra, un hecho a otro, hasta que dejamos de discriminar y nuestro interés se ve asfixiado por una plétora de palabras. Pues es cierto de todos los objetos —mantón o ser humano— que, cuanto más los miras, más hay que ver. La tarea del escritor es tomar una cosa y hacer que represente veinte: una tarea peligrosa y difícil; pero solo así se alivia al lector del enjambre de confusión de la vida y se marca eficazmente el aspecto particular que el escritor desea que vea. La tal señorita Stern tiene otras herramientas a su disposición, y podría usarlas si quisiera, hay indicios aquí y allá, y se revela por un momento en el breve capítulo que describe la muerte de la matriarca, Anastasia Rakonitz. En él, de pronto, el flujo de palabras parece oscurecerse y reconcentrarse. Somos conscientes de algo bajo la superficie, algo que se deja sin decir para que lo averigüemos por nosotros mismos y reflexionemos sobre ello. Las dos páginas en las que se nos cuenta cómo la anciana murió pidiendo paté de ganso y una peineta de carey, pese a su brevedad, contienen, en mi opinión, el doble de sustancia que cualesquiera otras treinta páginas del libro.

Estos comentarios me devuelven a la cuestión con la que comencé: la relación del novelista con la vida y lo que debería ser. Que está terriblemente expuesto a la vida, lo prueba una vez más *A Deputy Was King*. Se puede sentar y observar la vida y crear su libro con la misma espuma y efervescencia de sus emociones; o puede dejar su copa, retirarse a su cuarto y someter su trofeo a esos misteriosos procesos por los que la vida se hace capaz, como el mantón de Manila, de existir por sí misma... una especie de milagro impersonal. Pero, en cualquier caso, se enfrenta a un problema que no aflige a los trabajadores de ningún otro arte en la misma medida. De manera estridente, clamorosa, la vida protesta de continuo que es el fin último de la ficción y que, cuanto más ve el novelista en ella y mejor la capta, mejor será su libro. No añade, sin embargo, que es extremadamente impura; y que el lado del que más alardea carece a menudo, para el novelista, por completo de valor. La apariencia y el movimiento son los señuelos que va dejando para seducirlo y que la siga, como si fuese su esencia y, al captarlos, él alcanzase su objetivo. Creyendo esto, el novelista se apresura febrilmente tras ella, averigua el foxtrot que suena en el Embassy, la falda que se lleva en Bond Street, se infiltra y serpentea su camino hacia los últimos matices del argot local e imita a la perfección los últimos giros de la jerga coloquial. Lo que más teme el novelista es quedarse desfasado: su principal preocupación es que lo que describe acabe de salir del cascarón con su plumón en la cabeza.

Esta clase de trabajo requiere gran destreza y agilidad, y gratifica un deseo real. Conocer el exterior de la propia época, sus modas y sus bailes y sus muletillas, tiene un interés e incluso un valor del que las aventuras espirituales de un cura, o las aspiraciones de una institutriz de nobles pensamientos, solemnes como son, carecen en su mayoría. Podría decirse, también, que tratar con el baile abarrotado de la vida moderna, con el fin de producir la ilusión de realidad, requiere mucha más habilidad literaria que escribir un ensayo serio sobre la poesía de John Donne o las novelas de M. Proust. El novelista, entonces, que es un esclavo de la vida y confecciona sus libros con la espuma del momento, está haciendo algo difícil, algo que gusta, algo que, si nuestra mente es propensa, puede incluso instruir. Pero su trabajo pasa como pasa el año 1921, como pasa el foxtrot, y dentro de tres años parecerá tan anticuado y aburrido como cualquier otra moda que ha tenido su turno y seguido su camino.

Por otro lado, retirarse al propio estudio por temor a la vida es igualmente fatal. Es cierto que las imitaciones plausibles de, digamos, Addison se pueden fabricar en la tranquilidad del estudio, pero son tan quebradizas como la escayola e igual de insípidas. Para sobrevivir, cada frase ha de tener, en su corazón, una chispita de fuego, y esa, sea cual sea el riesgo, el novelista debe arrancarla con sus propias manos de la llamarada. Su estado, entonces, es precario. Debe exponerse a la vida; debe correr el peligro de ser arrastrado y engañado por su falsedad; debe arrebatarle su tesoro y dejar perder su basura. Pero en cierto momento debe dejar la compañía y retraerse, en soledad, a ese misterioso cuarto donde endurecen y moldean su cuerpo hacia la permanencia procesos que, si bien eluden al crítico, contienen para él una profunda fascinación.

EL CINE
3 de julio de 1926
(Publicado en *The Nation*)

En la primavera de 1926, cuando el cine era aún joven y mudo, Virginia Woolf quedó a la vez fascinada y preocupada por el séptimo arte, y redactó este ensayo que exploraba sus peligros y posibilidades. Woolf comienza meditando sobre la naturaleza de las imágenes en movimiento, que a primera vista parecen hablar a nuestros más primitivos conceptos e invitan a una especie de derrota cerebral, que no dejará de ser un símil usado en el contexto frente a la literatura. Sin embargo, la autora acaba por reconocer que estas imágenes en movimiento pueden servir como lubricante entre el cuerpo y el cerebro.

Es curioso que, mordaz como es su crítica hacia las adaptaciones cinematográficas de la literatura, sea ella una de las autoras que primero integra esa velocidad de la imagen en su escritura. Sucede en el flujo de la conciencia que viaja, en plano secuencia, de una mente a otra en las primeras páginas de *La señora Dalloway* (1925); pero también, y quizá más claramente, en el último capítulo de *Orlando*, cuando este conduce fuera de Londres, hacia el sur, en dirección a Knole, y Woolf nos describe la vista continuamente interrumpida desde el coche como las imágenes del trávelin de una cámara:

> La vieja Kent Road estaba de lo más concurrida el jueves, 11 de octubre de 1928. La gente desbordaba las calles. Había mujeres con bolsas de la compra. Los chicos corrían. Había saldos en las tiendas de paños. Las calles se angostaban y se ensanchaban. Largas perspectivas que se contraían. Aquí un mercado. Aquí un entierro. Aquí una manifestación

con pancartas en las que se leía «Ra... un...», pero ¿qué más? La carne era muy colorada. Los carniceros estaban en la puerta. A las mujeres casi las habían dejado sin tacones. «Amor Yin», eso se leía sobre una puerta. Una mujer miraba por la ventana de un dormitorio, profundamente pensativa y muy quieta. «Applejohn y Applebed, Empre...». Nada se veía entero, nada se podía leer de principio a fin. Lo que se veía empezar —como dos amigos al encuentro en una calle— nunca se veía acabar. A los veinte minutos, el cuerpo y el espíritu eran como pedazos de papel picado que se esparcen y caen de una bolsa. En verdad, el hecho de correr en automóvil por Londres se parece tanto al desmenuzamiento de la identidad personal que precede al desmayo y quizá a la propia muerte que es difícil saber hasta qué punto Orlando existía en ese momento.

Orlando (1928)

En cualquier caso, en este ensayo, Woolf cita la película expresionista alemana *El gabinete del Dr. Caligari* (Robert Wiene, 1920) como parangón de lo que la narrativa cinematográfica podría hacer, pues considera el simbolismo y la semiótica herramientas vitales del nuevo lenguaje emergente.

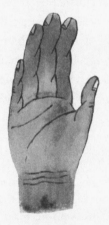

EL CINE

3 DE JULIO DE 1926
The Nation

Dice la gente que ya no habita un salvaje en nuestro interior, que somos el último pucho de la civilización, que todo se ha dicho ya y que es demasiado tarde para la ambición. Pero estos filósofos han olvidado, seguramente, las películas. Nunca han visto a los salvajes del siglo XX viendo una. Nunca se han sentado ante una pantalla y han pensado cómo, pese a toda la ropa sobre sus cuerpos y todas las alfombras bajo sus pies, no los separa demasiada distancia de esos hombres desnudos de ojos brillantes que golpearon dos barras de hierro y oyeron en ese estruendo un anticipo de la música de Mozart.[1]

Las barras en este caso, por supuesto, son de hierro tan forjado y están tan cubiertas con acumulaciones de materia extraña que es en extremo difícil oír nada con nitidez. Todo es alboroto, barullo y caos. Nos asomamos por encima del borde de un caldero en el que parecen cocer trocitos de todos los sabores y formas; una y otra vez sube a la superficie algún cachito burdo y parece a punto de arrastrarse fuera del caos. Sin embargo, a primera vista, el arte del cine parece simple, incluso estúpido. Ahí está el rey dándole la

---

1 ¿O de un mono que toma un hueso y al golpearlo contra otros hace que oigamos *Así habló Zaratustra*, de Richard Strauss?

mano a un equipo de fútbol; ahí está el yate de sir Thomas Lipton;[2] ahí está Jack Horner[3] ganando el Grand National. El ojo lo lame todo al instante, y el cerebro, agradablemente excitado, se acomoda para ver cosas que pasan sin tener que pensar. Pues el ojo ordinario, el ojo antiestético inglés, es un mecanismo simple que se ocupa de que el cuerpo no caiga en carboneras, ofrece al cerebro juguetes y golosinas para mantenerlo tranquilo, y se puede confiar en que siga comportándose como una niñera competente hasta que el cerebro llegue a la conclusión de que es hora de despertarse. Cuál es su sorpresa, entonces, cuando lo despabilan de pronto en medio de su agradable sopor para pedirle ayuda. El ojo está en dificultades. El ojo necesita auxilio. El ojo le dice al cerebro: «Algo está pasando que no entiendo en lo más mínimo. Te necesito». Juntos miran al rey, el barco, al caballo, y el cerebro ve enseguida que han adoptado una cualidad que no pertenece a la simple fotografía de la vida real. No es que se hayan vuelto más hermosos, en el sentido en que son hermosas las fotografías, pero ¿habremos de llamarlo (nuestro vocabulario es miserablemente insuficiente) más real, o real con una realidad diferente de la que percibimos en la vida cotidiana? Los contemplamos como son cuando no estamos ahí. Vemos la vida como es cuando no formamos parte de ella. Mientras la miramos, parece que nos arrancan de la insignificancia de la existencia real. No nos caeremos del caballo. El rey no nos dará la mano. La ola no mojará nuestros pies. Desde esta posición ventajosa, mientras observamos las gracietas de nuestra especie, tenemos tiempo de sentir pena y diversión, de generalizar, de dotar a un hombre de los atributos de la raza. Observando cómo navega el barco y rompe la ola, tenemos tiempo de abrir nuestra mente de par en par a la belleza y de registrar, además, la curiosa sensación: esta belleza continuará, y esta belleza florecerá, la contemplemos o no. Es más, todo esto pasó hace diez años, nos dicen. Estamos contemplando un mundo que se ha hundido en las olas. Las novias emergen de la Abadía: ahora ya son madres; los ujieres

---

2   Sir Thomas Johnstone Lipton (1850-1931), británico, fue comerciante y aficionado a la vela, creador de la famosa marca de té Lipton y uno de los más persistentes competidores de la historia de la Copa América.

3   Jack Horner fue el pura sangre inglés que ganó el Grand National en 1926.

protestan: ahora guardan silencio; las madres lloran; los invitados se alegran; esto se ha ganado y eso se ha perdido, y todo ha terminado. La guerra hizo estallar su abismo a los pies de toda esa inocencia e ignorancia, pero fue así como bailamos e hicimos piruetas, nos esforzamos y deseamos, y así como el sol brilló y las nubes cruzaron el cielo hasta el mismísimo final.

Pero quienes hacen las películas parecen insatisfechos con estas fuentes obvias de interés como el paso del tiempo y la insinuación de realidad. Desprecian el vuelo de las gaviotas, los barcos del Támesis, al príncipe de Gales, la Mile End Road y Piccadilly Circus. Quieren mejorar, cambiar, hacer su propio arte..., por supuesto: dado todo lo que parecen poder hacer. Todas las artes parecían esperar listas para acudir en su ayuda. Por ejemplo, la literatura. Todas las novelas famosas del mundo, con sus bien conocidos personajes y sus famosas escenas, no parecían pedir otra cosa, al parecer, que ser convertidas en películas. ¿Qué podía ser más fácil y simple? El cine cayó sobre su presa con inmensa rapacidad y, hasta este momento, subsiste en su mayor parte sobre el cuerpo de esta víctima desafortunada. Pero los resultados son desastrosos para ambos. La alianza es poco natural. El ojo y el cerebro se despedazan despiadadamente cuando intentan en vano trabajar en pareja. El ojo dice: «Ahí está Anna Karenina». Una señora voluptuosa vestida de terciopelo negro, con perlas, se presenta ante nosotros. Pero el cerebro dice: «Si esa es Anna Karenina, yo soy la reina Victoria». Pues, si el cerebro conoce a Anna, es por el interior de su mente: su encanto, su pasión, su desesperación. El cine pone todo el énfasis en sus dientes, sus perlas y su terciopelo. Entonces «Anna se enamora de Vronski»; es decir: la señora de terciopelo negro cae en los brazos de un caballero de uniforme, y se besan con enorme suculencia, gran deliberación e infinita gesticulación, en el sofá de una biblioteca muy muy bien amueblada, mientras un jardinero siega el césped. Así vamos dando bandazos por las novelas más famosas del mundo. Así las deletreamos en monosílabos escritos, además, en los garabatos de un escolar ignorante. Un beso es amor. Una copa rota son celos. Una sonrisa es felicidad. La muerte es una carroza fúnebre. Ninguna de estas cosas tiene la más mínima conexión con la novela que escribió Tolstoi, y es solo cuando dejamos de intentar conectar las imágenes con el libro cuando adivinamos por alguna escena accidental —como el jardinero segando el césped— lo que el cine podría hacer si lo dejaran arreglárselas con sus propios recursos.

Pero ¿cuáles son, entonces, esos recursos? Si cesase de ser un parásito, ¿cómo avanzaría erguido? Por el momento, solo tenemos algunos indicios por los que llegar a alguna conjetura. Por ejemplo, en una función del *Dr. Caligari* el otro día, una sombra en forma de renacuajo apareció de pronto en un rincón de la pantalla. Se hinchó hasta tener un tamaño inmenso, tembló, se abultó y volvió a hundirse en la nada. Por un momento pareció ser una encarnación de algo monstruoso, una creación enferma del cerebro del lunático. Por un momento pareció como si el pensamiento pudiera comunicarse con una forma de manera más eficaz que con palabras. El tembloroso y monstruoso renacuajo parecía ser el miedo mismo, y no la afirmación: «Tengo miedo». De hecho, la sombra era accidental, y el efecto no intencionado. Pero, si una sombra, en cierto momento, puede sugerir tanto más que los gestos y las palabras reales de hombres y mujeres cuando tienen miedo, parece claro que el cine tiene a su alcance innumerables símbolos para emociones que, hasta este momento, no han conseguido encontrar expresión. El terror tiene, además de sus formas ordinarias, la forma de un renacuajo; crece, se hincha, tiembla, desaparece. La ira no es meramente voces y retórica, caras rojas y puños apretados. Es, tal vez, una línea negra serpenteando sobre una sábana blanca. Anna y Vronski no tienen que ser ya ceños fruncidos y muecas. Tienen a sus órdenes..., pero ¿qué? ¿Hay, nos preguntamos, algún lenguaje secreto que sintamos y veamos, pero nunca pronunciemos?, y, si lo hay, ¿podría hacerse visible al ojo? ¿Posee alguna característica el pensamiento que se pueda ver sin la ayuda de las palabras? Tiene velocidad y bajeza; franqueza directa y vaporosos circunloquios. Pero tiene también, especialmente en momentos de emoción, el poder de crear imágenes, la necesidad de forzar su carga en otro portador; dejar que una imagen corra codo con codo con ella. El aspecto del pensamiento es, por alguna razón, más hermoso, más comprensible, más disponible que el propio pensamiento. Como todo el mundo sabe, en Shakespeare las ideas más complejas forman cadenas de imágenes que montamos, cambiando y girando, hasta que alcanzamos la luz del día. Pero, obviamente, las imágenes de un poeta no se pueden fundir en bronce, ni trazar a lápiz. Son la compactación de un millar de sugerencias, de las cuales la visual es solo la más obvia o la predominante. Incluso la imagen más simple: «Mi amor es como una rosa muy roja, de junio brote fresco»,[4] nos presenta impresiones de humedad y calor y el resplandor del carmesí y la suavidad de los pétalos inextricablemente mezclados y ensartados en el compás alegre de un ritmo que es en sí mismo la voz de la pasión y la vacilación del amante. Todo esto, que es accesible a las palabras, y solo a las palabras, debe evitarlo el cine.

Aun así, si tanto de nuestro pensamiento y nuestro sentimiento está conectado con la vista, algún residuo de emoción visual que es inútil tanto al pintor como al poeta podría, aún, aguardar al cine. Que tales símbolos sean bastante poco parecidos a los objetos reales que vemos ante nosotros parece muy probable. Algo abstracto, algo que conmueve con arte controlado y consciente, algo que reclama la más leve ayuda de las palabras o la música para hacerse inteligible, y sin embargo las usa con juicio y de manera sumisa..., de tales movimientos y abstracciones, las películas pueden componerse en el porvenir. Luego, de hecho, cuando se encuentre algún símbolo nuevo para expresar el pensamiento, los cinematógrafos dispondrán de una gran riqueza de recursos. La exactitud de la realidad y su sorprendente poder de sugestión han de estar a su servicio. Las Annas y los Vronski, ahí están en carne y hueso. Si pudiese insuflar emoción en esa realidad, si pudiese animar la forma perfecta con el pensamiento, podría conseguir su botín poquito a poco. Luego, cuando el humo salga del Vesubio, deberíamos ser capaces de ver el pensamiento en su estado salvaje, en su belleza, en su rareza, saliendo de hombres con los codos sobre la mesa; de mujeres con sus bolsitos que caen al suelo. Deberíamos ver esas emociones mezclarse y afectarse unas a otras.

Deberíamos ver cambios de emoción violentos producidos por sus choques. Nos podrían lanzar en destellos los contrastes más fantásticos con una velocidad a la que el escritor solo puede aspirar en vano; la arquitectura

---

4   Verso de Robert Burnes (1759-1796), poeta escocés.

soñada de arcos y almenas, de cascadas que caen y fuentes que brotan, que a veces nos visita en sueños o se forma en una habitación en penumbra, podría tomar forma ante nuestros ojos despiertos. Ninguna fantasía podría ser demasiado inverosímil o insustancial. El pasado podría desplegarse, las distancias quedar reducidas a la nada, y los golfos que dislocan novelas (cuando, por ejemplo, Tolstoi tiene que pasar de Levin a Anna, y al hacerlo sacude su historia y arranca o detiene nuestra empatía) podrían, por la semejanza de fondo, por la repetición de una escena, suavizarse.

Nadie está en disposición de decir, de momento, cómo podría intentarse todo esto, mucho menos cómo podría conseguirse. Obtenemos insinuaciones solo en el caos de las calles, tal vez, cuando alguna reunión momentánea de color, de sonido, de movimiento sugiere que ahí hay una escena esperando un nuevo arte que la retenga. Y a veces en el cine, en medio de su inmensa destreza y su enorme habilidad técnica, se abre el telón y contemplamos, a lo lejos, una belleza desconocida e inesperada. Pero es solo por un instante. Pues algo extraño ha sucedido: mientras que todas las demás artes nacieron desnudas, esta, la más joven, ha nacido completamente vestida. Puede decirlo todo antes de tener algo que decir. Es como si la tribu salvaje, en vez de encontrar dos barras de hierro con las que tocar, hubiese encontrado, desperdigados a la orilla del mar, violines, flautas, saxofones, trompetas, pianos de cola Erard y Bechstein, y hubiese comenzado con increíble energía, pero sin saber una nota de música, a aporrear y dar golpes en todos ellos al mismo tiempo.

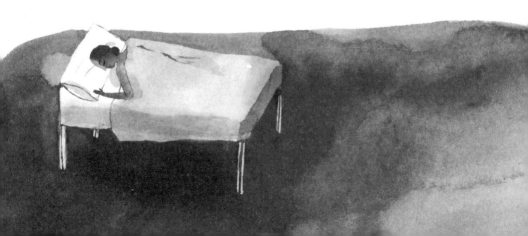

MEDIOCRIDAD

1932

(Esta carta fue escrita, pero no enviada, a *The New Statesman*;
recogida en *Granite and Rainbow*, 1958)

La crítica modernista escrita, entre otros, por Virginia Woolf, usó el término *middlebrow* («mediocre») para referirse de forma peyorativa a una intelectualidad que no llegaba a serlo del todo (*highbrow*[1] significa «intelectual» en inglés y se suele referir a la clase más culta). Así, mientras la cultura popular se situaba al margen del canon en favor de la alta cultura, la «mediocridad» se contentaba con intentos intelectuales poco eficaces que hacían hincapié en las relaciones sentimentales y las emociones, en vez de en la apreciación de las ideas más elevadas y la innovación literaria. Me he visto tentada de utilizar en el sentido de *middlebrow* el españolísimo «cultureta» o el más extendido «intelectualoide», y solo el hecho de que en España nos remite a una generación muy posterior me ha frenado de hacerlo.

En cualquier caso, ese lector que selecciona y lee libros no por su valor intrínseco, sino porque se le ha dicho que son los mejores, que se preocupa de las apariencias, de cómo lo hace lucir su actividad social, es sin duda el clásico cultureta. Al contrario, el intelectual, figura en la que Woolf se ve absolutamente representada, lee y hace y halaga lo que le gusta; y es cierto que puede ser elegante o desaliñado, pero nunca se atiene a la etiqueta considerada *comme il faut*. Este relativo clasismo que transpira de la crítica de Woolf se ve aliviado por su elogio de los «iletrados», esos hombres y mujeres

---

1   *Highbrow* significaría, literalmente, «ceño alto», por lo que *middlebrow* sería «ceño medio» y *lowbrow*, que designa a los iletrados, «ceño bajo». La descripción se toma prestada de la cuestionable frenología, según la cual la anchura de la frente de una persona sería indicativa de su inteligencia. Es el mismo origen que tiene nuestra expresión «no tener dos dedos de frente».

«de pura vitalidad que cabalga[n] su cuerpo en pos de ganarse al galope la vida», a los que honra y adora.

Este ensayo que concluye en un canto a la hoy tan defendida y pretendida autenticidad podría referirse sin duda, en nuestros días, a los «influentes» que inundan nuestros medios. Pero también es uno de los más vivos y drásticos de una Virginia Woolf que llega incluso a amenazar con clavar su pluma hasta matar a quienquiera que se atreva a tacharla de mediocre.

MEDIOCRIDAD

1932

Esta carta fue escrita, pero no enviada, a *The New Statesman*

(En *Granite and Rainbow*, 1958)

AL EDITOR DE LA REVISTA *NEW STATESMAN*

Estimado señor:

Me gustaría llamar su atención sobre el hecho de que, en una reseña de un libro mío (octubre), su reseñista se olvidó de usar la palabra «intelectual». La reseña, salvo por dicha omisión, me gustó tanto que me siento impulsada a preguntarle, a riesgo de parecer del todo egotista, si su reseñista, un hombre de obvia inteligencia, pretendía rechazar mi reivindicación de tal título. Digo «reivindicación», pues seguramente estoy en mi derecho de reivindicar dicho título cuando un gran crítico,[1] que es también un gran novelista, una combinación rara y envidiable, siempre me llama intelectual

---

1 El 13 de octubre de 1932, el novelista y crítico inglés J. B. Priestley reseñó la segunda parte de *El lector común* de Virginia Woolf, incluyendo el condescendiente comentario de que su escritura pertenecía a la clase de «las señoras terriblemente sensibles, cuasi inválidas culturalmente, de medios privados». También se refería a la escritora con un término acuñado por el escritor Arnold Bennett unos años antes —«la Suma Sacerdotisa de Bloomsbury»—, que ella encontraba odioso. La situación empeoró cuando, cuatro días más tarde, la BBC invitó a Priestley a una entrevista radiofónica titulada «A una intelectual» (*To a Highbrow*), que se burlaba de quien rechazaba todo lo «popular» por parecer intelectual. Una semana más tarde, invitaron al escritor Harold Nicolson, esposo de Vita Sackville-West, a refutar dicha opinión con el título «A un inculto» (*To a Lowbrow*). Al cabo de otra semana, la *New Statesman* hablaba del debate en la BBC y declaraba vencedor a Harold Nicolson. Esta es la «batalla de los intelectos» a la que se referirá Woolf más adelante.

cuando se digna notar mi trabajo en un gran periódico; y, además, siempre encuentra espacio para informarme no solo a mí, que ya lo sé, sino a todo el Imperio británico, que pende de sus palabras, de que vivo en Bloomsbury. ¿Quizá su crítico tampoco es consciente de este hecho? ¿O es que, a pesar de toda su inteligencia, supone innecesario al reseñar un libro añadir la dirección postal del escritor?

Su respuesta a estas preguntas, aunque de auténtico valor para mí, no es de posible interés para el público general. De eso soy bien consciente. Pero, puesto que el asunto nos supera, puesto que la «batalla de los intelectos» perturba, según tengo entendido, el aire de la noche, puesto que las mentes más refinadas de nuestra época se han visto últimamente envueltas en el debate no falto de la pasión que corresponde a una noble causa sobre qué es un intelectual y qué un iletrado, cuál es mejor y cuál peor, si se me permite, aprovecharé esta oportunidad para expresar mi opinión y, al mismo tiempo, llamar la atención sobre ciertos aspectos del asunto que me parece que, por desgracia, se han pasado por alto.

Ahora bien, no puede haber dos opiniones en cuanto a lo que es un intelectual: es el hombre o la mujer de pura inteligencia que cabalga su mente al galope, en pos de una idea. Esa es la razón por la que siempre he estado tan orgullosa de que se me trate de intelectual. Esa es la razón por la que sería más intelectual si pudiese. Honro y respeto a los intelectuales. Algunos de mis parientes han sido intelectuales; y también algunos, aunque desde luego no todos, de mis amigos. Ser una intelectual, una intelectual de libro, una intelectual como Shakespeare, Dickens, Byron, Shelley, Keats, Charlotte Brontë, Scott, Jane Austen, Flaubert, Hardy o Henry James —por nombrar algunos de la misma profesión escogidos al azar—, supera, por supuesto, los sueños más locos de mi imaginación. Y, aunque me tendería alegremente en el polvo y besaría la huella de los pies de estos hombres y mujeres, nadie con sentido negará que esta apasionada preocupación suya —cabalgar al galope en busca de ideas— suele llevar a la catástrofe. Indudablemente, sucumben a la miseria. Mire, por ejemplo, Shelley: ¡el desastre en que convirtió su vida! Y Byron, que se iba a la cama primero con una mujer y luego con otra, y murió en el barro en Mesolongi. Mire a Keats, que amaba la poesía y a

Fanny Brawne tan desmedidamente que languideció y se consumió hasta la muerte a la edad de veintiséis años. Charlotte Brontë también...; sé de buena tinta que Charlotte Brontë era, con la posible excepción de Emily, la peor institutriz de las islas británicas. Luego estaba Scott: se arruinó y dejó, junto con unas pocas novelas magníficas, una casa, Abbotsford, que podría ser la más fea de todo el Imperio. Pero seguramente estos ejemplos bastan; no es preciso que elabore más el punto de que los intelectuales, por alguna razón, son del todo incapaces de hacer frente a lo que llamamos vida real. Esa es la razón por la que, y aquí llego a un punto que sorprendentemente suele obviarse, honran de manera tan incondicional y dependen tan por completo de los que llamamos iletrados. Por iletrado entendemos, por supuesto, un hombre o una mujer de pura vitalidad que cabalga su cuerpo en pos de ganarse al galope la vida. Esa es la razón por la que honro y respeto a los iletrados..., y nunca he conocido a un intelectual que no lo haga. En la medida en que soy una intelectual (y mis imperfecciones en esa línea me son bien conocidas), adoro a los iletrados; los estudio; me siento siempre junto al revisor del ómnibus e intento que me cuente cómo es... ser revisor. En la compañía en que me encuentre, siempre intento saber cómo es... ser revisor, ser una mujer con diez hijos y treinta y cinco chelines[2] a la semana, ser un agente de bolsa, ser almirante, ser empleado de banco, ser modista, ser duquesa, ser minero, ser cocinera, ser una prostituta. Todo lo que hacen los iletrados es de incomparable interés y maravilla para mí porque, en la medida en que soy una intelectual, no sé hacer las cosas yo sola.

Esto me lleva a otro punto que también se pasa sorprendentemente por alto. Los iletrados necesitan a los intelectuales, y los honran, tanto como los intelectuales necesitan a los iletrados, y los honran. Esto tampoco es un asunto que requiera mucha demostración. Solo es preciso pasear por el Strand en una noche húmeda de invierno y mirar a la multitud hacer cola ante el cine. Estos iletrados están esperando, tras el trabajo del día, bajo la lluvia, a veces durante horas, para sentarse en las butacas baratas al calor de las salas y ver cómo son sus vidas. Puesto que son iletrados, enganchados

---

2   Unos cien euros (sin tener en cuenta la inflación).

magnífica y aventuradamente en cabalgar a toda velocidad de un extremo de la vida al otro para ganársela, no pueden verse haciéndolo. Sin embargo, nada les interesa más. Nada les importa más. Es una de las principales necesidades de la vida para ellos: que se les muestre cómo es esa vida. Y los intelectuales, por supuesto, son las únicas personas que pueden mostrárselo. Puesto que son las únicas personas que no hacen cosas, son las únicas personas que pueden ver cómo se hacen esas cosas. Esto es así y, de que así es, estoy segura; no obstante, nos dicen —el aire de la noche zumba al respecto, y la prensa resuena de día, hasta los burros en los campos no hacen otra cosa que rebuznarlo, hasta los perros mil leches de la calle no hacen otra cosa que ladrarlo—: «¡Los intelectuales odian a los iletrados! ¡Los iletrados odian a los intelectuales!», cuando los intelectuales necesitan a los iletrados, cuando los iletrados necesitan a los intelectuales, cuando no pueden existir los unos sin los otros, cuando unos son el complemento y el reverso de los otros. ¿Cómo ha llegado a existir semejante mentira? ¿Quién ha puesto en circulación este dañino rumor?

Tampoco hay duda de esto. Es cosa de los mediocres. Son personas, confieso, a las que apenas puedo considerar con cordialidad. Son alcahuetas; son correveidiles que llevan y traen sus chismes y hacen todo el daño: los mediocres, repito. Pero qué, me preguntará, es un mediocre. Y esa, a decir verdad, no es una pregunta fácil de contestar. No son ni una cosa ni la otra. No son intelectuales, de frente amplia; ni iletrados, de frente calzada. Su frente no es ni lo uno ni lo otro. No viven en Bloomsbury, que está en las alturas; ni en Chelsea, que está en lo más bajo. Puesto que es de suponer que viven en algún sitio, tal vez vivan en South Kensington,[3] que está entre medias. El mediocre es el hombre, o la mujer, de inteligencia mediana, que anda sin prisa y deambula ora en este lado del seto, ora en el otro, sin perseguir ningún objeto, ningún arte en sí mismo, ni la vida en sí misma, sino los dos mezclados indistinta, y más bien asquerosamente, con dinero, fama, poder o prestigio. El mediocre busca el favor de ambos lados por igual. Se acerca a los iletrados y les dice que, aunque no es uno de ellos, es casi su amigo. Al

---

3   Nótese que este es el barrio en que nació y creció Virginia Woolf, sede de numerosas instituciones dedicadas a las artes y las ciencias, entre ellas numerosos museos y una universidad.

momento siguiente, llama a los intelectuales y les pregunta con igual amabilidad si no puede ir a tomar el té con ellos. Ahora bien, hay intelectuales..., yo misma he conocido a duquesas que eran intelectuales, también a mujeres de la limpieza, y todas me han dicho, con el vigor del idioma que tan a menudo une a la aristocracia con las clases obreras, que preferirían sentarse en el sótano del carbón, juntas, que en el saloncito con los mediocres a servirles el té. A mí misma me han pedido —pero ¿se me permite, en aras de la brevedad, proyectar esta imagen, que es solo en parte ficticia, en forma de ficción?—; a mí misma, pues, me han pedido que vaya a «verlos», ¡qué extraña pasión tienen por ser «vistos»! Me llaman, pues, a las once de la mañana, y me invitan a tomar el té. Voy a mi armario y considero, bastante lúgubremente, qué es correcto ponerse. Nosotros, los intelectuales, podemos ser elegantes o podemos ser desaliñados; pero nunca tenemos lo que dicta la etiqueta. Procedo entonces a preguntarme: ¿qué debo decir? ¿Cuál es el cuchillo correcto? ¿Qué libro está bien halagar? Todas esas son cosas que yo no sé. Nosotros, los intelectuales, leemos lo que nos gusta y hacemos lo que nos gusta y halagamos lo que nos gusta. También sabemos lo que no nos gusta: por ejemplo, el pan cortado muy fino con mantequilla para el té. La dificultad de comer el pan cortado muy fino con mantequilla llevando puestos unos guantes de cabritilla blancos siempre me ha parecido uno de los problemas más insuperables de esta vida. Y tampoco me gustan los tomos de clásicos encuadernados en piel cuando están tras un panel de cristal. Y también desconfío de la gente que llama tanto a Shakespeare como a Wordsworth sencillamente «Bill»: es una costumbre, es más, que lleva a la confusión. Y, en materia de ropa, me gusta la gente que o viste muy bien o viste muy mal; no me gusta lo que es correcto ponerse en lo que a ropa se refiere. Y está la cuestión de los juegos. Puesto que soy una intelectual, no juego. Pero me encanta ver a la gente jugar cuando tiene pasión por ello. Estos mediocres toquetean las pelotas; clavan el bate y no aciertan a atrapar la pelota cuando juegan al críquet. Y, cuando el pobre Mediocre monta a caballo y el animal apenas trota, no hay visión más lamentable para mí en todo Rotten Row.[4] Para resumir

---

4   Paseo de Hyde Park.

(y poder seguir con mi historia), ese té no fue del todo un éxito, ni tampoco un fracaso; pues Mediocre, que escribe, me siguió hasta la puerta, me dio unas palmaditas enérgicas en la espalda, y dijo: «¡Te envío mi libro!» (¿o quizá lo llamó «asunto»?). Y su libro llega, desde luego, aunque se llama, simbólicamente, LEJOS [Lejos es el nombre de un preparado que se usa para distraer a los perros machos de las hembras durante ciertas épocas del año], pero llega. Y yo leo una página por aquí, y una página por allá (mientras desayuno, como de costumbre, en la cama). Y no está bien escrito, ni está mal escrito. No es que sea apropiado, tampoco inapropiado; en resumen, no es ni chicha ni limonada. Ahora, si hay una clase de libro para la que tengo, tal vez, una compasión imperfecta, es la que no es ni chicha ni limonada. Y así, aunque sufro de gota matutina —pero, si los antepasados de una llevan dos o tres siglos cayéndose borrachos como cubas en la cama, una ha merecido un toque de tal enfermedad—, me levanto. Me visto. Me acerco débil a la ventana. Tomo ese libro en mi hinchada mano derecha y lo tiro con amabilidad por encima del seto al campo. Las hambrientas ovejas —¿me había acordado de decir que esta parte de la historia pasa en el campo?—, las hambrientas ovejas lo miran, pero no se lo comen.

Pero, habiendo terminado con la ficción y su tendencia a caer en la poesía, ahora informaré sobre una conversación perfectamente prosaica en monosílabos. A menudo pregunto a mis amigos, los iletrados, disfrutando de unos molletes con miel, por qué, mientras que nosotros, los intelectuales, nunca compramos un libro mediocre, o vamos a una conferencia mediocre, o leemos, a menos que nos paguen por hacerlo, una reseña mediocre, ellos, al contrario, se toman esas actividades mediocres tan en serio. ¿Por qué, les pregunto (por supuesto, no en la radio), sois tan condenadamente modestos? ¿Creéis que una descripción de vuestra vida, tal y como es, es demasiado sórdida y demasiado miserable para ser hermosa? ¿Es por eso por lo que preferís la versión mediocre de lo que tienen la insolencia de llamar humanidad real? ¿Esa mezcla de afabilidad y sentimiento pegada con un engrudo de gelatina de pezuñas de ternera? La verdad, si quisierais creerla, es mucho más hermosa que cualquier mentira. Y luego, continúo, ¿cómo podéis dejar que los mediocres os enseñen cómo escribir? A vosotros, que escribís tan bien, cuando escribís con naturalidad, que yo daría las dos manos por escribir así; razón por la que nunca lo intento, aunque hago lo que puedo por aprender el arte de escribir como un intelectual debería. Y, de nuevo, sigo, blandiendo un mollete en la punta de una cucharilla, ¿cómo se atreven los mediocres a enseñaros a leer... a Shakespeare, por ejemplo? Todo lo que tenéis que hacer es leerlo. La edición de Cambridge es buena y barata. Si *Hamlet* os parece difícil, invitadlo a tomar el té. Es un intelectual. Invitad a Ofelia para que lo conozca. Es una iletrada. Hablad con ellos como hablaríais conmigo, y sabréis más sobre Shakespeare que todo lo que los mediocres del mundo puedan enseñaros... No creo, por cierto, dadas ciertas de sus frases, que a Shakespeare le gustasen los mediocres, ni a Pope.

A todo esto, los iletrados responden —pero no puedo imitar su estilo al hablar— que se consideran gente corriente sin educación. Es muy amable por parte de los mediocres intentar enseñarles cultura. Y, al fin y al cabo, los iletrados continúan, los mediocres, como otra gente, tienen que ganar dinero. Debe de haber dinero en la enseñanza y la escritura de libros sobre Shakespeare. Todos tenemos que ganarnos la vida hoy en día, me recuerdan mis amigos, los iletrados. Y estoy de acuerdo. Incluso los que, entre nosotros, cuyas tías se dieron un batacazo en India y nos dejaron unos ingresos anuales de cuatrocientas cincuenta libras,[5] ahora reducidas, gracias a la guerra y otros lujos, a poco más de doscientas y pico, incluso nosotros tenemos que ganárnosla. Y lo hacemos, también, escribiendo sobre cualquiera que parezca entretenido; se ha escrito ya mucho sobre Shakespeare... Shakespeare ya no da apenas dinero. Nosotros, los intelectuales, estoy de acuerdo, tenemos que ganarnos la vida; pero, cuando hemos ganado suficiente para vivir, vivimos. Cuando los mediocres, por el contrario, han ganado suficiente para vivir, siguen ganando suficiente para comprar... ¿cuáles son las cosas que siempre compran los mediocres? Muebles estilo reina Ana (falsos, pero no por ello menos caros); primeras ediciones de escritores muertos, siempre los peores; cuadros, o reproducciones de cuadros, de pintores muertos; casas en lo que se llama «estilo Jorge», pero nunca nada nuevo, nunca un cuadro de

---

5 Unos 24 000 euros hoy (sin tener en cuenta la inflación). Es una cifra muy parecida a la que Woolf añade en su famoso ensayo *Una habitación propia* (500 libras) para poder dedicarse a la escritura.

un pintor vivo, o una silla de un carpintero vivo, ni libros de escritores vivos, pues comprar arte vivo requiere un gusto vivo. Y, como esa clase de arte y esa clase de gusto son lo que los mediocres llaman «intelectual», «Bloomsbury», el pobre mediocre gasta ingentes sumas en falsas antigüedades, y tiene que seguir garabateando páginas un año tras otro, mientras nosotros, los intelectuales, quedamos para pasar un día en el campo. Eso es lo peor, por supuesto, de vivir en un grupo: nos gusta estar con nuestros amigos.

¿He dejado entonces el tema claro, señor, de que la verdadera batalla, en mi opinión, no está entre los intelectuales y los iletrados, sino entre los intelectuales aliados con los iletrados en hermandad de sangre contra la plaga exangüe y perniciosa que está entre medias? Si la BBC quisiera decir otra cosa que Betwixt and Between Company (una Empresa que ni Chicha ni Limonada), usarían su control del aire no para avivar conflictos entre hermanos, sino para emitir el hecho de que los intelectuales y los iletrados han de aliarse para exterminar una plaga que es el veneno de todo pensamiento y toda vida. Puede ser, para citar una de sus cuñas publicitarias, que las novelistas «terriblemente sensibles» sobrestimen la humedad y la suciedad de este crecimiento de hongos. Pero todo lo que puedo decir es que, cuando entro en esa corriente que la gente llama, tan extrañamente, consciencia, y recojo la lana de las susodichas ovejas mientras divago por mi jardín en las afueras, los mediocres me parecen estar por todas partes.

—¿Qué es eso? —grito—. ¿Mediocres en las coliflores? ¿Mediocres infestando a esa pobre oveja vieja? ¿Y qué hay de la luna? —La miro y, por favor, está eclipsada—. ¡Más mediocres! —exclamo—. Mediocres oscureciendo, nublando, deslustrando y empañando hasta el borde plateado de la cimitarra del cielo —«Tiendo a la poesía», véase la mencionada cuña.

Y luego mis pensamientos, como Freud asegura que hacen nuestros pensamientos, se precipitan (Mediocre entra con una media sonrisa, por respeto al Censor) hacia el sexo, y pregunto a las gaviotas que chillan en desoladas arenas de mar y a los peones del campo que vuelven a sus mujeres más bien borrachos, ¿qué será de nosotros, hombres y mujeres, si Mediocre se sale con la suya y solo hay un sexo medio, sin maridos ni mujeres? La siguiente afirmación la dirijo con la mayor humildad al primer ministro:

—¿Cuál, señor —pregunto—, será el destino del Imperio británico y de nuestros Dominios más allá del mar si prevalecen los mediocres? ¿No leerá usted, señor, una declaración de naturaleza autoritaria desde la sede de la BBC?

Estos son los pensamientos, estas son las fantasías que visitan a las «señoras cuasi inválidas culturalmente, de medios privados» (véase de nuevo la cuña) cuando pasean por sus jardines de las afueras y miran a las coliflores y a las villas de ladrillo rojo que han construido los mediocres para que los mediocres puedan admirar el panorama. Estos son los pensamientos «a un tiempo alegres y trágicos y densamente femeninos» (véase cuña) de una que aún no «ha salido de Bloomsbury» (véase cuña una vez más), un lugar donde los iletrados y los intelectuales viven en alegre armonía e igualdad, y donde ni los sacerdotes, ni las sacerdotisas, ni para ser francos el adjetivo «sacerdotal», se oyen muy a menudo ni se tienen en alta estima. Estos son los pensamientos de una que estará en Bloomsbury hasta que el duque de Bedford, preocupado con razón por la respetabilidad de sus plazas, aumente el alquiler tanto que ni Bloomsbury esté a salvo de que los mediocres vivan allí. Entonces, se irá.

Permítame concluir, como comencé, agradeciéndole a su reseñista su muy cortés e interesante reseña, pero me gustaría decirle que, aunque no me llamó, por razones bien conocidas por él, intelectual, no hay otra calificación en el mundo que yo prefiera. Lo que pido es que todos los reseñistas, siempre y en todas partes, me llamen intelectual. Haré lo posible por no dejarlos mal. Si les apetece añadir Bloomsbury, mi código postal es WC1, y mi número de teléfono está en el listín. Pero, si su reseñista, o cualquier otro, se atreve a insinuar que vivo en South Kensington, lo demandaré por difamación. Si cualquier ser humano, hombre, mujer, perro, gato o lombriz medio aplastada, se atreve a calificarme de «mediocre», agarraré mi pluma y se la clavaré hasta matarlo.

Un atento saludo, etc.

Virginia Woolf

¿SOY UNA ESNOB?

1936
(*Momentos de vida*, leído en el Club de las Memorias
el 1 de diciembre de 1936)

Momentos de vida apareció en 1976, editada por Jane Schulkind. La obra es un intento de autobiografía, considerada como la más importante aportación al mundo woolfiano desde la muerte de la escritora. *Momentos de vida* bebe de *Reminiscences* (Reminiscencias), un borrador que Woolf escribió cuando nació su primer sobrino, Julian Bell, supuesta biografía de su hermana Vanessa; de *Sketch of the Past* (Escenas del pasado), escrito a finales de su vida; así como de las escenas que leyó en el Memoir Club (Club de las Memorias) de Molly MacCarthy.

La escritora Mary (Molly) MacCarthy había fundado este «club del recuerdo» en 1920 y en él se invitaba a los participantes a leer escritos autobiográficos sobre el tema que quisieran, con vistas a publicar futuras biografías. El Club continuó reuniéndose hasta 1964 y fue origen de múltiples confesiones, entre ellas la del abuso de los hermanos Duckworth a sus hermanastras Stephen (Virginia y Vanessa).

Este ensayo, «¿Soy una esnob?», es uno de los que Virginia Woolf leyó en el Club de las Memorias. Sus experimentos de escribir su autobiografía, de los que, sin duda, estos ensayos del Club formaban parte, son sorprendentemente sinceros... hasta cierto punto. Son relatos vívidos y explícitos de ciertos hechos de su vida. Pero también el lugar en el que su conciencia encuentra un paso de la ficción a la realidad, y viceversa. El encuentro con Sibyl Colefax, y la venta de sus posesiones en Argyll House que se cuenta en este, sucedió de verdad, y su narración interpela con la energía del ojo fascinado por el detalle, lo que demuestra que, en el año 1936, pese a las noticias que llegaban del Continente y especialmente de Alemania (donde había estado de vacaciones con Leonard el año anterior), y que llenaban de terror a la escritora, Woolf se encontraba en plena forma. Pero el ensayo incluye también una dramatización cómica de los hechos, en parte competitiva (frente a la fama de Maynard Keynes y de Lytton Strachey), en parte vengativa (recuerda a su público de mediana edad que es, en realidad, un grupo [mayoritariamente] de hombres aburridos), que acaba en la autocrítica del propio esnobismo; siempre con el ingenio y el sarcasmo que la acompañaban al hablar de la intelectualidad, como hemos visto en el ensayo anterior («Mediocridad»).

¿SOY UNA ESNOB?

1936

(Momentos de vida, leído en el Club de las Memorias
el 1 de diciembre de 1936)

Molly[1] ha puesto sobre mis hombros, muy injustamente, me parece, la carga de ofrecer un recuerdo esta noche. Todos se lo perdonamos todo a Molly, por supuesto, dado su insidioso, su apabullante encanto. Pero es injusto. No es mi turno; no soy la mayor. No soy la que más ha vivido o la que más memoria tiene. Maynard, Desmond, Clive y Leonard viven todos vidas activas y emocionantes; todos se desbastan de continuo contra los grandes; todos afectan constantemente el curso de la historia de una forma u otra. Son ellos los que deberían abrir las puertas de sus tesoros ocultos y mostrarnos esos objetos brillantes y dorados que reposan en su interior. ¿Quién soy yo para que se me pida leer un recuerdo? Una mera escritorzuela; lo que es peor, una mera diletante en sueños; una que no es ni carne, ni pescado, ni limonada, ni tiene chicha. Mis recuerdos, que son siempre personales, y en su mejor opción solo sobre pedidas de mano, seducciones de hermanastros, encuentros con Ottoline y demás, se agotarán pronto. Nadie ahora pide mi mano; hace muchos años que nadie intenta seducirme. Los primeros ministros nunca me consultan. Dos veces he estado

---

1   Molly MacCarthy, como se ha explicado antes.

en Hendon,[2] pero las dos el avión se negó a elevarse en el aire. He visitado la mayor parte de las capitales de Europa, es cierto; hablo una especie de francés macarrónico y un italiano aún peor; pero soy tan ignorante, tengo tan mala formación que, si me preguntáis lo más sencillo —por ejemplo, ¿dónde está Guatemala?—, me veo obligada a cambiar de tema.

Y, sin embargo, Molly me ha pedido que escriba una conferencia. ¿Sobre qué puede ser? Esa es la pregunta que me he hecho, y me pareció, mientras la rumiaba, que ha llegado la hora de que los viejos carcamales —ignorantes e íntimos viejos carcamales— nos enfrentemos a esta pregunta: ¿sobre qué han de tratar nuestros recuerdos si el Club de las Memorias ha de seguir reuniéndose, y si la mitad de los miembros son, como yo misma, gente a la que no le pasa nada nunca? ¿Me atreveré a sugerir que ha llegado la hora en que debemos interpretar las órdenes de Molly más bien libremente y, en vez de barrer con la luz del recuerdo las aventuras y el interés de la vida real, hemos de volver ese rayo hacia dentro y describirnos?

¿Estoy hablando por mí misma solo cuando digo que, aunque nada digno de ser llamado una aventura me ha ocurrido desde la última vez que ocupé este trono espinoso y prominente, aún me parezco un tema de inagotable y fascinante ansiedad?, ¿un volcán en perpetua erupción? ¿Estoy sola en mi egotismo cuando digo que nunca se filtra la pálida luz del alba a través de las persianas del 52 de Tavistock Square sin que yo abra los ojos y exclame: «Dios mío, ¡aquí estoy de nuevo!», no siempre con placer, a menudo con dolor; algunas veces con un espasmo de agudo disgusto, pero siempre, siempre, con interés?

Yo podría ser, pues, el tema de esta exposición; pero hay desventajas. Continuaría durante tantos volúmenes —ese único tema— que los que tenemos pelo, los que tenemos pelo aún capaz de crecer, lo tendríamos haciéndonos cosquillas en los pies antes de que yo hubiese terminado. Tendré

---

2   Hendon es un municipio al noroeste de Londres, a unos 11 kilómetros. Famoso por haber sido sede de la RAF (Royal Air Force), su aeródromo, muy importante entre 1908 y 1968, es conocido por sus experimentos pioneros en correo aéreo, salto en paracaídas, vuelo nocturno y defensa aérea de una ciudad.

que partir un mínimo fragmento de este vasto tema; tendré que echar un breve vistazo a un rinconcito de este universo —que a mí aún me parece tan impenetrable y amenazado por tigres como ese otro en el que está escrita (dónde, no lo sé) la palabra Guatemala—; tendré que, como digo, escoger un solo aspecto; y hacer una sola pregunta; y esta es: ¿soy una esnob?

Mientras intento contestarla, quizá desentierre un par de recuerdos; quizá reviva ciertos recuerdos también vuestros; en cualquier caso, intentaré daros hechos reales; y, aunque, por supuesto, no diré toda la verdad, quizá diré la suficiente para hacer que la adivinéis. Pero, para contestar a esa pregunta, he de comenzar preguntando: ¿qué es un esnob? Y, puesto que no tengo capacidad de análisis —pues se descuidó mi educación—, tomaré el curso obvio de intentar encontrar algún objeto contra el que pueda medirme: con el que pueda compararme. Desmond,[3] por ejemplo. Por supuesto, trataré primero sobre él. ¿Es Desmond un esnob?

Debería serlo. Se educó en Eton, luego fue a Cambridge. Todos conocemos el antiguo dicho sobre cómo la agradecida ciencia adora a la aristocracia. Pero lo que fuese que Eton y Cambridge hiciesen para estimular en él el esnobismo, la naturaleza hizo mucho más. Le dio todos los dones que una aristocracia agradecida adora en la ciencia; una lengua de oro; perfectas maneras; total dominio de sí mismo; una curiosidad sin límites, mezclada con empatía; también sabe montar a caballo y cazar un faisán si es preciso. En lo que se refiere a la pobreza, puesto que a Desmond nunca le ha importado cómo viste, nadie más ha pensado jamás en ello. Así que, he aquí, indudablemente, mi modelo; permitidme que compare mi caso con el suyo.

Estábamos, cuando pensaba esto, ante una ventana en la salita de Tavistock Square. Desmond había comido con nosotros; habíamos pasado la tarde hablando; de pronto recordó que iba a cenar en algún otro sitio. Pero ¿dónde? «Bueno, ¿dónde iba a cenar yo?», dijo y sacó su agenda. Algo distrajo su atención por un momento, y yo miré por encima de su hombro.

---

3 Desmond MacCarthy (1877-1952), periodista británico y miembro original del círculo de Bloomsbury, fue posiblemente el crítico literario y dramático más destacado de su época. Molly era su mujer, con la que se casó en 1906. Woolf, que había ido a la boda, se convirtió a partir de entonces en buena amiga de Molly.

Apresurada, furtivamente, recorrí con la vista compromisos: lunes, lady Bessborough, 8:30; martes, lady Ancaster, 8:30; miércoles, Dora Sanger, siete en punto; jueves, lady Salisbury, diez; viernes, almuerzo Wolves y cena lord Revelstoke.[4] De gala. «De gala» estaba subrayado dos veces. Años más tarde descubrí la razón: iba a ver al rey, nuestro difunto y añorado Jorge. Bueno, echó un vistazo a sus compromisos; cerró la libretita y se marchó. No dijo ni una palabra sobre títulos. Nunca sacó a Revelstoke en conversación; las galas no se mencionaron. «No», me dije con una intensa punzada de decepción cuando cerró la puerta: «Desmond, lo siento, no es un esnob».

Tengo que buscar otro modelo. Miremos, pues, a Maynard.[5] Él también fue a Eton y a Cambridge. Desde entonces, ha participado en tantos grandes asuntos que, si nos agitase sus compromisos en las narices, nos ensordecería con el tintinear de las coronas y nos deslumbraría con el brillo de los diamantes. Pero ¿estamos sordos? ¿Estamos deslumbrados? Lo siento, no. Dominado, sospecho, por la vara de hierro del vetusto Cambridge, dominado asimismo por ese sentido moral que se hace más fuerte en Maynard a medida que envejece, ese severo deseo de conservar nuestra generación en su integridad, y de proteger a la generación más joven de su locura, Maynard nunca presume. Me toca a mí informaros de que ha comido hoy con el primer ministro. El bueno de Baldwin, con lágrimas corriéndole por las mejillas, lo paseó arriba y abajo, arriba y abajo, bajo los celebrados cuadros de Pitt y Peel. «Si al menos aceptase un puesto de ministro, Keynes; o un título, Keynes...», no dejaba de decir. Me toca a mí contaros esta historia. Maynard nunca la mencionaría. Cerdos, obras, cuadros..., hablará de todo ello. Pero nunca de primeros ministros y títulos. Lo siento y lo siento, Maynard no es un esnob. Me veo de nuevo frustrada.

A pesar de todo, he hecho un descubrimiento. La esencia del esnobismo es el deseo de impresionar a los demás. El esnob es un cabeza hueca, ligero de cascos, tan poco satisfecho con su rango que, para consolidarlo, está

4　Todos los apellidos aristocráticos que se citan son de rancio abolengo; en cuanto a Wolves, se ha decidido conservar la grafía británica, que se traduciría como «los Woolf», anecdóticamente.

5　A John Maynard Keynes (1883-1946), matemático y economista británico, miembro original del círculo de Bloomsbury, se lo considera uno de los economistas más influyentes del siglo xx.

todo el día blandiendo un título o un honor ante los otros, para que ellos crean y lo ayuden a creer lo que él no cree en realidad, que es, de alguna manera, una persona importante.

Esto es un síntoma que reconozco en mi propio caso. Mirad esta carta. ¿Por qué está siempre encima de todas las demás? Porque tiene una corona... Si recibo una carta impresa con una corona, esa carta flota milagrosamente hacia la superficie. A menudo me pregunto ¿por qué? Sé perfectamente que ninguno de mis amigos estará, o ha estado nunca, impresionado por nada que yo haga para impresionarlos. Y, no obstante, lo hago: aquí está la carta... encima de todas las demás. Esto demuestra, como un sarpullido o una mancha, que tengo la enfermedad. Y continuaré preguntándome cuándo y cómo me contagié.

Cuando era niña tuve ciertas oportunidades de esnobismo, pues, aunque éramos aparentemente una familia intelectual, de muy noble nacimiento en el sentido libresco, teníamos flecos marginales en el mundo a la moda. Para empezar, teníamos a George Duckworth. Pero el esnobismo de George Duckworth era de una textura tan burda y palpable que yo podía olerlo y saborearlo desde lejos. No me gustan ese olor y ese sabor. La tentación me alcanzaba en maneras más sutiles: a través de Kitty Maxse[6] originalmente, me parece, una lady del encanto más delicado, de la gracia más etérea, de manera que los grandes a los que ella presentaba quedaban rociados y desinfectados y despojados de su rudeza. ¿Quién podía llamar burdas a la marquesa de Bath, o a sus hijas, lady Katherine y lady Beatrice Thynne? Era impensable. Eran hermosas e imponentes; vestían que daba pena, pero su porte era soberbio. Cuando cenábamos o almorzábamos con la anciana lady Bath, me sentaba temblando de éxtasis, un éxtasis que era totalmente esnob tal vez, pero hecho de diferentes partes: placer, terror, risa y asombro. Allí estaba sentada lady Bath, en el extremo de la mesa, en una silla marcada con la corona y las armas de los Thynne; y en la mesa,

---

6 Kitty Maxse (Lushington de soltera), amiga de la infancia de las hermanas Stephen (Vanessa y Virginia), simbolizó siempre para esta el éxito social. Kitty parecía distinguida e imperturbable, y se distanció elegantemente de las hermanas Stephen cuando estas se mudaron al cuestionable Bloomsbury. Estaría en varios de sus recuerdos y sería la inspiración de Clarissa Dalloway, el famoso personaje de Woolf.

junto a ella, sobre dos cojines, sendos relojes Waterbury. Los consultaba de tiempo en tiempo. Pero ¿por qué? No lo sé. ¿Tenía el tiempo un significado especial para ella? Parecía tenerlo en copiosas cantidades. A menudo, daba una cabezada. Luego se despertaba y miraba los relojes. Los miraba porque le gustaba mirarlos. Su indiferencia a la opinión pública me intrigaba y me deleitaba. Como las conversaciones que tenía con su mayordomo Middleton.

Un carruaje pasaba por delante de la ventana.

—¿A quién lleva? —decía ella de repente.

—A lady Suffield, su excelencia —contestaba Middleton.

Y lady Bath miraba sus relojes. Una vez, recuerdo, la palabra «marga» salió en la conversación.

—¿Qué es la marga, Middleton? —preguntó lady Bath.

—Una mezcla de tierra y carbonato de calcio, su excelencia —me informó Middleton.

Mientras, Katie había agarrado un hueso sangriento del plato y estaba alimentando con él a los perros. Allí sentada, sentí que a esta gente no le importa un comino lo que nadie piense. Aquí está la naturaleza humana en su estado natural, sin recortar, sin podar. Tienen una cualidad de la que nosotros, en Kensington, carecemos. Tal vez solo estoy encontrando excusas para mí, pero ese fue el origen del esnobismo que ahora me conduce a colocar esta carta encima de todo el montón: el aristócrata es más libre, más natural, más excéntrico que nosotros. Aquí noto que mi esnobismo no es del tipo intelectual. Lady Bath era simple en extremo. Ni Katie ni Beatrice escribían sin faltas. Will Rothenstein y Andrew Lang[7] eran las luces más brillantes de su mundo intelectual. Ni Rothenstein ni Andrew Lang me impresionaban. Si me preguntáis si preferiría conocer a Einstein o al príncipe de Gales, elijo sin duda alguna al príncipe de Gales.

Quiero coronas; pero tienen que ser coronas con solera; coronas con tierras y mansiones en el campo; coronas que críen simplicidad, excentricidad, ligereza; y tal confianza en las propiedades inmuebles que puedas

---

7   Pintor y autor, respectivamente, sin obras memorables.

rodear tu plato de relojes Waterbury y alimentar a los perros con huesos sangrientos con tus propias manos. No he acabado de decir esto y me veo forzada a matizarlo. Esta carta se eleva en testimonio contra mí. Está coronada, pero no con una corona de solera; es de una lady cuyo nacimiento no es mejor —tal vez, peor— que el mío. Sin embargo, cuando recibí esta carta, me puse toda nerviosa. Os la leeré.

Querida Virginia:

Ya no soy joven y, puesto que TODOS mis amigos están muertos o muriendo, me gustaría verla y pedirle un gran favor. Se reirá cuando se lo diga, pero, en caso de que quiera almorzar conmigo en privado aquí [el] 12 o 13, 17 o 18, le diré lo que es. No, no se lo diré. Esperaré a saber si, en alguna de esas fechas, puede ver a su admiradora,

Margot Oxford[8]

Le escribí de inmediato —aunque raramente escribo de inmediato— para decirle que estaba por completo al servicio de lady Oxford. Cualquier cosa que pidiese, la haría. No me dejó en duda mucho tiempo. Pronto llegó esta segunda carta.

Querida Virginia:

Creo que debería advertirla en cuanto al favor que quiero que me haga. Todos mis amigos están muriendo o muertos y me doy cuenta de que mi propio tiempo se acorta en torno a mí. El mayor cumplido que me han hecho —y no han sido muchos— fue cuando dijo usted que yo era una buena escritora. Esto, viniendo de usted, podría haberme subido los humos, pues es usted, con mucho, la mayor escritora viva. Cuando yo muera, me gustaría que usted escribiese una breve noticia en el *Times* para decir que admiraba mi escritura, y que cree que los periodistas deberían haberla usado mejor. No soy en absoluto vanidosa, pero me ha dolido haber sido primero empleada y luego rechazada por los editores de periódicos. Le parecerá trivial —y lo es, de hecho—, pero me gustaría

8   Margot Asquith, lady Oxford, segunda esposa de Herbert Asquith, duque de Oxford (primer ministro entre 1908 y 1916).

que usted me diese a la Prensa. No piense más en ello si le disgusta, pero sus halagos deleitarían a mi familia en la hora de mi muerte.

Su eterna admiradora,

Margot Oxford

Puede enviarla al editor del *Times*, pues Dawson[9] guarda y valora todas las contribuciones sobre los fallecidos.

Bien, no me sentía, creo, halagada por ser la mayor escritora a ojos de lady Oxford; sino halagada porque me había pedido que almorzase con ella en privado. «Por supuesto, iré a comer con usted en privado», contesté. Y me encantó que el día en cuestión, Mable, nuestra hosca cocinera, viniese a decirme: «Lady Oxford ha enviado su coche a recogerla, señora». Obviamente, la había impresionado; ¡hasta yo estaba impresionada! Me alcé en mi propia estima por haberme alzado en la de Mabel.

Cuando llegué a Bedford Square había un gran almuerzo preparado; Margot estaba toda pertrechada con sus galas; una cruz de rubíes engarzada con diamantes centelleaba sobre su pecho; tenía el pelo en rizos apretados como un caballito griego; áspera y mirando rápida a un lado y a otro como un áspid o una víbora. Philip Morrell fue el primero en sentir su picadura. Fue imprudente y ella lo desairó. Pero, luego, recuperó su templanza. Era muy brillante. Recitó una tirada de anécdotas sobre el duque de Beaufort y la caza en Badminton; sobre cómo consiguió su distinción; cómo había [sabido] lo de lady Warwick y el [¿príncipe de Gales?],[10] lo de lady Ripon, lady Bessborough; L[ord] Balfour y «las Almas».[11] En cuanto a la edad, la muerte y los obituarios, el *Times*, nada se dijo de ellos. Estoy segura de que había olvidado que tales cosas existían. También yo. Yo estaba embelesada. La abracé

---

9   Geoffrey Dawson, dos veces editor del *Times*, entre 1012 y 1919, y entre 1923 y 1941.

10   «el» es la última palabra de una línea que sobrepasa la página. La condesa de Warwick era una belleza de la época y miembro del círculo del príncipe de Gales. No obstante, es solo una posibilidad que Woolf quisiera referirse aquí a él.

11   Arthur James Balfour, filósofo y estadista, primer ministro entre 1902 y 1905, era la figura central de la camarilla exclusiva, aristocrática e intelectual conocida como «las Almas».

con cariño en el vestíbulo; y lo siguiente que recuerdo es que me encontré recorriendo Farrington Road hablando en voz alta conmigo misma, y viendo las carnicerías y las bandejas de juguetitos baratos a través de un aire que parecía hecho de polvo de oro y *champagne*.

Ahora bien, ninguna reunión de intelectuales me ha hecho nunca flotar Farrington Road abajo. He cenado en casa de H. G. Wells con Bernard Shaw, Arnold Bennett y Granville Barker, y solo me he sentido como una vieja lavandera subiendo a trompicones una escalera infinita y empinada.

Así pues, parece que he llegado a la conclusión de que no solo soy una esnob de las coronas; sino también una esnob de los salones iluminados; una esnob de las celebraciones sociales. Cualquier grupo de gente, si está bien vestida, me es desconocida y chispea socialmente, me basta; hace surgir esa fuente de polvo de oro y diamante que supongo que oscurece la sólida verdad. He aquí otra carta que tal vez arroje más luz sobre otros rincones del problema.

Debió de ser hace doce años, pues vivíamos aún en Richmond,[12] cuando recibí una de esas misivas frívolas con las que ahora estamos tan familiarizados: una hoja de papel amarilla sobre la que una mano baila como un aro ebrio, que finalmente se curva en un garabato que dice Sibyl Colefax:[13] «Sería un gran placer —decía— recibirla para el té», y seguían una variedad de fechas, «y presentarle a Paul Valery». Ahora bien, como he conocido a Paul Valery o a sus equivalentes desde que tengo uso de razón, que me invitase a tomar el té con él una tal Sibyl Colefax a quien no conocía —nunca la había visto— no me atraía. Si me hubiese atraído, hubiese contradicho otro hecho sobre mí al que tengo cierta timidez en aludir: mi complejo en cuanto a la ropa; mi complejo en cuanto a las ligas en particular. Odio ir mal vestida, pero odio comprar ropa. En especial, odio comprar ligas. Es en parte, creo, el hecho de que, para comprar ligas, hay que visitar el cuarto más privado en el corazón de una tienda; hay que quedarse en ropa interior. Mujeres de brillante satén negro curiosean y sueltan risitas. Cualquier cosa que la

---

12   Los Woolf vivieron en Richmond entre 1914 y 1924.

13   Lady Colefax, de Argyll House, era una famosa anfitriona en Londres. Leonard Woolf la describió como una «descarada cazadora de leones».

confesión revele, y sospecho que es algo deshonroso, soy muy tímida ante los ojos de mi propio sexo cuando estoy en combinación. Pero, en aquellos días, hace doce años, las faldas eran cortas; las medias tenían que ir estiradas; mis ligas estaban viejas; y no podía enfrentarme a comprar otro par, por no hablar de un sombrero y un abrigo. Así que dije: «No, no iré a tomar el té para ver a Paul Valery». Las invitaciones me llovieron entonces; a cuántos tés me invitó no puedo recordarlo; al final, la situación se hizo desesperada; me vi obligada a comprar ligas; y acepté —diré que a la quincuagésima— invitación a Argyll House. Esta vez me encontraría con Arnold Bennett.

La misma noche antes de la fiesta, Arnold Bennett publicó una reseña de uno de mis libros en el *Evening Standard*. Era de *Orlando*, creo. Lo atacaba violentamente. Decía que era un libro sin ningún valor, que había hecho añicos toda esperanza que hubiese tenido en cuanto a mí como escritora. Toda su columna estaba dedicada a zurrarme. Ahora bien, aunque muy vanidosa —no como lady Oxford—, mi vanidad como escritora es puro esnobismo. Expongo una gran superficie de piel al reseñista, pero muy poca carne y muy poco hueso. Es decir: me importan las buenas reseñas, y las malas solo porque creo que mis amigos creen que me importan. Pero, como sé que mis amigos olvidan casi de inmediato las reseñas, sean buenas o malas, también yo las olvido al cabo de unas pocas horas. Mis sentimientos de carne y hueso quedan intactos. Las únicas críticas que me hacen sangre son las que no están impresas; las que son privadas.

Así, como habían pasado veinticuatro horas desde que había leído la reseña, fui al salón de Argyll House mucho más preocupada por mi apariencia como mujer que por mi reputación como escritora. Entonces vi a Sibyl por primera vez y la comparé con un racimo de rojas cerezas sobre un sombrero rígido de paja negra. Se adelantó y me llevó hasta Arnold Bennett como se lleva un cordero al matadero.

—¡Aquí está la señora Woolf! —dijo con una sonrisa.

Como anfitriona, se relamía. Estaba pensando: ahora habrá una escena que redundará en la reputación de Argyll House. Había allí otras personas: parecían también expectantes; todas sonreían. Pero Arnold Bennett, me dio la impresión, estaba incómodo. Era un hombre amable; se tomaba las críticas que le hacían muy en serio; allí estaba dándole la mano a una mujer a la que había «puesto verde», como dijo él, solo la tarde antes.

—Siento mucho, señora Woolf —comenzó—, haber puesto verde su libro anoche...

Tartamudeó. Y yo solté, bastante sincera:

—Si elijo publicar libros, es mi problema. Tengo que aceptar las consecuencias.

—Claro, claro... —tartamudeó. Creo que estaba de acuerdo—. No me gustó su libro —continuó—. Me pareció malísimo... —volvió a tartamudear.

—No puede odiar mis libros más de lo que yo odio los suyos, señor Bennett —dije.

No sé si le pareció del todo bien; pero nos sentamos juntos y hablamos y nos llevamos muy bien, la verdad. Me encantó encontrar en algunas de sus cartas, que han sido publicadas, que me elogió por no guardarle rencor; dijo que nos llevábamos bien.

Pero no es eso a lo que iba. A lo que iba es a que esa escenita agradó a Sibyl, y fue el cimiento de lo que supongo que puedo llamar, sujeta a matizaciones, mi intimidad con ella. Fui ascendida de inmediato del té a la carne. Empezó con un almuerzo; luego, cuando me negué a almorzar, fue una cena. Fui..., fui varias veces. Pero me di cuenta, poco a poco, de que siempre me invitaba a encontrarme con escritores; y yo no quería encontrarme con escritores; y luego, de que, si tenía a Noel Coward a mi izquierda, tenía siempre a sir Arthur a mi derecha.[14] Sir Arthur era muy amable; hacía lo que podía por entretenerme; pero por qué pensaba que yo estaba principalmente interesada en la legislación sobre importación de tintes nunca he conseguido averiguarlo. Así era, no obstante. Nuestras charlas siempre derivaban en esa dirección. Hubo un momento en que yo era la segunda autoridad de Inglaterra en la materia. Pero, al final, lo que pasaba con Noel Coward a mi izquierda y sir Arthur a mi derecha es que sentía que no podía ya convencerme de ir a cenar con Sibyl. Me excusé. Cuanto más me excusaba, más insistía ella. Luego, sugirió que vendría ella a verme. Vino. De nuevo

---

14 Sir Arthur Colefax, marido de Sibyl.

se impuso mi esnobismo. Compré pasteles glaseados; ordené la sala; tiré los huesos de Pinker y cubrí los agujeros de las sillas con tapetes. Pronto me di cuenta de que su esnobismo no demandaba otra cosa que un bollo quemado; una habitación tan desordenada como fuese posible; y, si yo tenía los dedos cubiertos de manchas de tintas, mucho mejor. Entablamos una intimidad en esa línea. Ella exclamaba:

—¡Ay! ¡Cómo desearía ser escritora!

Y yo contestaba:

—¡Ay!, Sibyl, ojalá fuese yo [una] gran anfitriona como tú.

Sus anécdotas del gran mundo me divertían muchísimo; y yo sacaba escabrosas, aunque imaginativas, imágenes de mis propias batallas con la prosa inglesa. A medida que nos hacíamos... ¿diré íntimas? —¿pueden intimar dos esnobs?—, se sentaba en el suelo, se levantaba la falda, se ajustaba el calzón —solo lleva una prenda de ropa interior, puedo deciros; y es de seda— y se desahogaba. Se quejaba, casi con lágrimas en los ojos, de cómo Osbert Sitwell se había reído de ella; de cómo la gente la llamaba trepa, una cazadora de leones. De lo vilmente mentira que eso era...; de cómo todo lo que deseaba era que Argyll House fuese un centro en el que se pudiese reunir gente interesante. Y, sin embargo, se reían de ella..., la insultaban. Una vez, en medio de una de esas confidencias —y me halagaban muchísimo—, sonó el teléfono; y el mayordomo de lady Cunard me pidió que cenase con su excelencia, a quien yo no conocía. Sibyl, cuando le expliqué la situación, se enfureció.

—¡Jamás había oído tal insolencia! —exclamó.

Se le contrajo la cara en una mueca que me recordó a la de una tigresa cuando alguien le arranca un hueso de entre las garras. Insultó a lady Cunard. Nada de lo que pudiese decir era lo bastante malo para ella. Era [una] mera cazadora de leones; una esnob. Y luego estaba lady Cholmondeley... ¡A ver si también iba a ir a verla a ella!

—¿Y quién es lady Cholmondeley? —pregunté.

Nunca olvidaré la forma cuidadosa y vengativa en que hizo pedazos a la tal lady. No podía entender, recuerdo que dijo, que nadie fuese tan insolente como para invitar a otra persona a cenar cuando no la conocía.

Me recomendó encarecidamente que no tuviese nada que ver ni con lady Cunard ni con lady Cholmondeley. Pero ella había hecho exactamente lo mismo... ¿Cuál era la diferencia?

En resumen, había mucho que me interesaba en nuestra intimidad; tal como era. Seguía su curso. Pronto sugirió un plan que nunca he tenido el valor de hacer público. Era que debíamos celebrar fiestas quincenales, unas veces en Tavistock Square, otras en Argyll House; nosotros invitaríamos a cuatro de nuestros amigos; ella a cuatro de los suyos; Bloomsbury y el gran mundo se mezclarían; ella, me inclino a pensar, delicadamente intimó que correría con los gastos. Pero yo, incluso en mi mayor entusiasmo, veía que eso nunca funcionaría. Una vez le presentamos a Lytton;[15] la reunión fue un aburrimiento mortal. Lytton se portó muy bien y fue muy paciente; pero me dijo al irse: «Por favor, no vuelvas a invitarme si viene Colefax».

Llegamos a una especie de franqueza. Una vez tras otra, me cancelaba alguna cita descaradamente; una vez tras otra, me daba cuenta de que sus excusas solo significaban que tenía un compromiso mejor en otro lugar. Por ejemplo, he aquí una de ellas: se había invitado para un día en particular: era una inconveniencia; pero yo lo había mantenido libre.

Mi queridísima Virginia:

He tenido una semana horrible de ocuparme de los recados a las 10 en vez de a las 9, y de volver a la cama a las 6. Pensé que se me habría pasado para el martes, en vez de lo cual me convocó una señora dificilísima, para ver cortinas de dormitorio en Piccadilly a las 5:30, y la entrevista, prolongada hasta las 6:15, me dejó lista para la cama. Ahora estoy recuperada y la ocupada eres tú. ¿Podría ir yo el 18 o venir tú el 16 a las 6? Si no el 18, entonces iré el 23.

Siempre devota,
tu Sibyl

---

15 Lytton Strachey (1880-1932), escritor, crítico y biógrafo inglés, era gran amigo de los Woolf y miembro original del círculo de Bloomsbury. Había propuesto matrimonio a Virginia en 1909 (es una de las pedidas de mano de las que habla al principio).

Al día siguiente me encontré con alguien que había estado en un cóctel en casa de madame D'Erlanger y que había visto a Sibyl. «¿Se habló en algún momento de cortinas de dormitorio?», pregunté. Va a ser que no.

Solía echárselo en cara; ella apenas se andaba con rodeos. Pero una vez, cuando le hice lo mismo a ella —cancelando una visita, aunque con tres semanas de aviso—, recibí una serie de cartas que, en la violencia de sus insultos, en la sinceridad de su ira —pues me atribuía los más viles de los motivos, que había sido seducida por un compromiso mejor, que había estado cenando, estaba segura, con lady Cunard o lady Cholmondeley—, llegaron a un tono de elocuencia que resultó de verdad impresionante. La luz que todo esto arrojó sobre su psicología, o la mía, la psicología esnob en general, fue muy interesante. ¿Por qué seguíamos viéndonos?, me pregunté. ¿Cuál era, en realidad, la naturaleza de nuestra relación? El asunto se iba a iluminar de una manera inesperada.

Una mañana del pasado febrero sonó el teléfono poco después del desayuno, y Leonard contestó. Vi cómo le cambiaba la cara mientras escuchaba.

—¡Dios Santo! —exclamó—. ¡No me digas! —Luego se volvió hacia mí y dijo—: ¡Ha muerto Arthur Colefax![16]

Al teléfono estaba Harold Nicolson;[17] había llamado para decir que Arthur Colefax había fallecido de repente la tarde anterior; había estado enfermo solo un día; Sibyl, dijo, estaba destruida. ¡Había muerto sir Arthur! Fue como si me dieran un bofetón. Un bofetón de genuina sorpresa y compasión. No era por sir Arthur. Por él sentí lo que se siente por un viejo aparador que siempre ha estado en medio de un saloncito. El aparador ya no estaba: era sorprendente, era triste. Pero nunca había tenido intimidad con el aparador. Por Sibyl, mis sentimientos eran distintos, de ella había sido, era íntima. Y por ella sentí, como digo, como un bofetón de compasión genuina, pura. Tan pronto como la sentí, se fragmentó. Lo sentía muchísimo; pero también tenía una gran curiosidad. ¿Qué sentía ella? ¿Qué sentía realmente por Arthur?

---

16   Murió el 19 de febrero de 1936.

17   Sir Harold Nicolson (1886-1968), diplomático británico entre otras muchas cosas, era el marido de Vita Sackville-West.

Ahora bien, cuando un sentimiento está así mezclado, es muy difícil ponerlo en palabras. En prueba de ello, cuando me puse a escribir una carta de condolencia, me quedé bloqueada. No había forma de encontrar palabras que me parecieran adecuadas. Escribí y reescribí; por fin, hice pedazos lo que había escrito. Íbamos a pasar el fin de semana en Monks House; escogí tres flores; las até con una tarjeta en la que escribí: «Para Sibyl. Con cariño de Leonard y Virginia». Cuando pasamos por Argyll House, Leonard llamó al timbre de la mansión ahora de luto y le dio las flores a la llorosa Fielding. Ella, al menos, parecía genuinamente desconsolada. Esa fue mi solución para el problema.

Y pareció tener un asombroso éxito. Es decir, recibí una carta de cuatro páginas unos días más tarde, una carta desconsolada, una carta sobre Arthur y la felicidad que habían tenido juntos; sobre los días pasados bajo el sol de las islas griegas; sobre la perfección de su matrimonio; y su actual soledad. Parecía sincera; parecía como si estuviese diciendo la verdad; y me sentí un poco halagada de que me la dijera tan abierta, tan íntimamente, incluso tan a bocajarro.[18]

Cuando más tarde supe que había escrito cartas muy parecidas a la que me había enviado a mí a gente a la que apenas conocía, no me gustó tanto. Cuando supe que había cenado fuera todas las noches desde la muerte de sir Arthur, y leí en los periódicos que lady Colefax había estado en esta gran fiesta y aquella inauguración, me desconcertó. ¿Sentía menos de lo que decía? ¿O estaba siendo muy valiente? ¿Estaba tan curtida y hecha a la sociedad que a lo único que no podía enfrentarse era a la soledad? Era un problema interesante en la psicología del esnobismo.

Me escribió varias veces. Me dijo que se iba de Argyll House. Me pidió que fuese a ver el mayo en flor de su jardín por última vez; no fui; luego me pidió que fuese a ver los tulipanes en flor por última vez. Estábamos fuera, y no fui. Luego, cuando volví en octubre, me escribió y me dijo que,

---

18 Aquí Woolf borró en el manuscrito el pasaje: «Sin embargo, cuando me pidió que cenase con ella en privado, no pude enfrentarme a ello. Una vez más, el sentimiento me pareció fragmentarse y, cuando pensé en pasar toda una noche a solas con ella, hablando sobre Arthur, me zafé. Pensé que no. Se dará cuenta. Di alguna excusa y esperé que pasase el tiempo y que la necesidad de un sentimiento genuino fuese menos apremiante».

a menos que fuese el martes, 27 de octubre, nunca vería Argyll House de nuevo. El 30 dejaba la casa para siempre. Quería en especial, dijo, verme a solas. Me halagó. Le dije que iría; y la mañana del martes, Fielding me llamó por teléfono para recordármelo; y para decir que la señora quería que fuese a las 4:45 puntualmente.

Era una tarde húmeda y ventosa; las hojas se arremolinaban por la acera de King's Road; y yo tenía una sensación de caos y desolación. A las 4:45 en punto llamé al timbre de Argyll House por última vez. La puerta no la abrió Fielding, sino un hombre con la cara larga, vestido con un traje marrón, que parecía un administrador. Estaba de mal humor.

—Llega tarde —dijo meneando la cabeza y sujetando la puerta solo entreabierta como para detenerme.

—Pero lady Colefax me dijo que viniese a las cinco menos cuarto —dije. Eso lo dejó perplejo.

—No sé nada de eso —dijo él—. Pero será mejor que me siga.

Y me llevó no a la sala, sino a la despensa. Era extraño encontrarme en la despensa de Argyll House, esa despensa de la que habían salido tantos platos exquisitos. La despensa estaba llena de mesas de cocina; y, sobre ellas, estaban ordenadas las vajillas, puñados de tenedores y cuchillos, montones de vasos y copas de vino; todos con etiquetas. Entonces me di cuenta de que todo el lugar estaba a la venta: el hombre malhumorado era un agente de subastas. Estaba petrificada, mirando alrededor, cuando Fielding entró a toda prisa en la cocina, aún vestida de gris con el delantal de muselina, pero tan confusa y distraída que me dio la sensación de estar vestida de arpillera y cenizas. Agitó las manos en desesperación.

—No sé dónde está lady Colefax —gimió—. Y no sé dónde llevarla a usted. La gente aún está aquí. Tendrían que haberse ido a las cuatro, pero están aún por todas partes...

—Lo siento, Fielding —dije—. Esto es muy triste...

Le rodaban lágrimas por las mejillas; le bañaban los ojos; gemía mientras agitaba las manos y me llevaba de manera vacilante y poco decidida, primero a una trascocina, luego al comedor. Me senté en una de las sillas marrones de aquella rica sala festiva. La última vez que había estado allí sentada, sir Arthur estaba a mi derecha; Noel Coward, a mi izquierda. Ahora las sillas tenían etiquetas; había etiquetas en los árboles de cristal sobre la repisa de la chimenea; en la araña del techo; en los candelabros. Un hombre de sobretodo negro se paseaba por la habitación tomando ora un candelabro, ora una pitillera, como calculando lo que valían. Luego, dos señoras elegantes entraron a hurtadillas. Una de ellas me tendió la mano.

—¿Ha venido a ver los muebles? —me dijo, en un tono bajo, como si estuviese en un funeral.

Reconocí a Ava Bodley, la señora de Ralph Wigram.[19]

—No, he venido a ver a Sibyl —dije yo.

Me pareció detectar una sombra de envidia en su cara; yo era una amiga; ella era una mera curiosa. Se alejó y comenzó a mirar los muebles. Entonces, mientras estaba allí sentada, intentando fijar mi memoria en sir Arthur y la amabilidad que siempre me había demostrado, la puerta se entreabrió; por el hueco se asomó Sibyl que me hizo señas, en silencio, como si temiera mostrarse en su propio comedor. La seguí y me llevó a la salita, cerró la puerta.

—¿Quién era esa? —me preguntó nerviosa.

—La señora Wigram —contesté.

Se retorció las manos.

—Ah, espero que no me haya visto —masculló—. Tendrían que haberse ido a las cuatro. Pero aún están por todas partes.

La salita, sin embargo, estaba vacía; aunque había etiquetas en las sillas y las mesas. Nos sentamos la una junto a la otra en el sofá. Solía compararla con un racimo de brillantes cerezas rojas sobre un sombrero rígido de paja. Pero ahora las cerezas estaban pálidas. Se habían desteñido. El ala negra estaba empapada de lluvia. Parecía vieja y enferma y líneas demacradas parecían talladas como a cincel a ambos lados de su nariz. Lo sentí muchísimo por ella. Éramos como dos supervivientes agarradas a una balsa. Este era el final de todas sus fiestas; estábamos sentadas en las ruinas de aquella magnífica estructura que no hacía tanto había llevado una corona. Puse mi

---

19 La esposa de Ralph Follet Wigram, consejero del Ministerio de Asuntos Exteriores.

mano desnuda sobre su mano desnuda y sentí: «Esto es auténtico. No puede haber equívoco en esto».

Entonces, Fielding trajo el té, la clase de té que toma la gente cuando se va de viaje: unas rebanadas finas de pan con mantequilla, y tres pastas. Sibyl se disculpó.

—¡Qué té más horrible!

Luego, comenzó a hablar más bien distraída; me habló de su operación; de cómo los médicos habían dicho que debía tomarse seis meses de reposo.

—¿Qué soy? ¿Greta Garbo? —preguntó.

Luego, de cómo había comprado una casa en North Street; de cómo iba a quedarse con los Clark... No dejaba de interrumpirse y decir:

—Ah, pero no hablemos de eso.

Era como si quisiera decir algo, pero no pudiese. Al fin y al cabo, me había pedido que fuera a verla a solas.

—Lo siento, Sibyl... —dije al final.

Se le llenaron los ojos de lágrimas.

—Ah, ha sido horrible. No puedes imaginarte lo que es... —comenzó. Luego se detuvo. Las lágrimas no cayeron—. Ya ves que no soy una persona que pueda decir lo que siente —dijo—. No puedo hablar. No he hablado con nadie. Si lo hiciese, no podría seguir adelante. Y tengo que seguir... —Y, de nuevo, comenzó a hablarme de cómo había comprado una casa en North Street, a un loco; la casa estaba muy sucia...

Entonces, la puerta se abrió y Fielding hizo una seña.

—La señora Wigram quiere hablar con usted, señora —dijo.

Sibyl suspiró; pero se levantó y fue.

En su conjunto, la admiré mucho. Pensé, allí sentada, lo valiente que era. ¿No daba una cena cada noche, aquí, en medio de las ruinas, en medio de las sillas y las mesas que estaban todas en venta? Pero en esto volvió.

—¡Cómo desprecio a esa mujer! —exclamó.

Y me contó, mientras comenzaba a comer el pan con mantequilla, cómo la señora Wigram era una trepa; la clase de mujer que se abría paso a codazos y que, además, le había hecho una jugarreta. Cuando había oído que Sibyl quería la casa de North Street, se lo había dicho a los Lytton, que habían pujado en su contra. Pero ella había conseguido la casa a pesar de ellos; y además muy barata; por setecientas libras menos de lo esperado.

—Ah, pero no hablemos de eso —se interrumpió.

Y, de nuevo, intenté aumentar la intimidad. Dije cualquier lugar común, algo extraño, sobre dejar una casa, lo mucho que a una le importaba y demás. Entonces, de nuevo, le vinieron las lágrimas a los ojos.

—Sí —dijo mirando a su alrededor—. Siempre he tenido pasión por esta casa. Me he sentido con ella como una amante...

Se volvió a abrir la puerta.

—Lady Mary Cholmondeley al teléfono, señora —dijo Fielding.

—Dile que estoy ocupada —dijo Sibyl enfadada.

Fielding se marchó.

—¿A quién se referirá? —preguntó Sibyl—. No conozco a ninguna lady Mary Cholmondeley. ¿Será...? Ay, querida —suspiró poniéndose en pie—. Tengo que ir a verla. Fielding me amarga la vida —suspiró—. Primero llora, luego ríe; y no quiere ponerse gafas aunque está como un topo. Tengo que ir a ver.

De nuevo, me dejó. Otra ilusión se fue con ella, pensé. Siempre había creído que Fielding era un tesoro, una vieja criada a la que Sibyl adoraba. Pero no; primero lloraba; luego reía; y estaba ciega como un topo. Este era otro vistazo furtivo a la despensa de Argyll House.

Mientras esperaba, pensé en las veces que había estado en aquel sofá, con sir Arthur; con Arnold Bennett; con George Moore; con el anciano señor Birrell; con Max Beerbohm. Era en esta sala en la que Olga Lynn había lanzado sus partituras con ira porque la gente hablaba; y aquí donde vi a Sibyl deslizarse por la habitación arrastrando a lord Balfour, que irradiaba benevolencia y distinción, para calmar a la enfadada cantante... Pero Sibyl volvió de nuevo, y de nuevo tomó su pan con mantequilla.

—¿De qué estábamos hablando —dijo— antes de que Fielding nos interrumpiese? Y ¿qué voy a hacer con ella? —añadió—. No puedo despedirla. Ha estado con nosotros todos estos años. Pero es tan horrible... Pero no hablemos de eso —volvió a interrumpirse.

Una vez más, hice el esfuerzo de hablar con más intimidad.

—He estado pensando en toda la gente con la que he coincidido aquí —dije—. Arnold Bennett. George Moore. Max Beerbohm...

Sonrió. Vi que le había provocado placer.

—Eso es lo que me gusta que digas —dijo—. Eso es lo que quería, que las personas que me gustan conozcan a otras personas que me gustan. Eso es lo que he intentado hacer...

—Y eso es lo que has hecho —dije, animándome.

Me sentía muy agradecida con ella, aunque, en realidad, nunca me había divertido mucho encontrarme a otros escritores; aun así, ella había mantenido una casa abierta; había trabajado mucho; había sido un gran logro a su manera. Intenté decírselo.

—Me he divertido mucho en esta sala —dije—. ¿Recuerdas la fiesta en la que Olga Lynn lanzó sus partituras? Y, luego, esa vez en que coincidí con Arnold Bennett. Y también... Henry James... —Me paré.

Nunca había coincidido con Henry James en Argyll House. Eso fue antes de empezar a ir allí.

—¿Lo conocías? —dije inocentemente.

—¡Conocer a Henry James! —exclamó Sibyl.

Se le iluminó la cara. Era como si hubiese tocado una fibra, la fibra equivocada, me pareció. Se convirtió de nuevo en la vieja Sibyl, la anfitriona.

—El querido H. J. ¡Claro que lo conocía! Nunca olvidaré —comenzó— cómo, cuando murió Wolcott Balestier en Viena... Era el cuñado de Rudyard Kipling,[20] ya sabes... —Aquí la puerta volvió a abrirse; y, de nuevo, Fielding, la Fielding ciega como un topo que era el martirio de Sibyl, se asomó.

—El coche está en la puerta, señora —dijo.

Sibyl se volvió hacia mí.

—Tengo un aburrido compromiso en Mount Street —dijo—. Tengo que ir, pero te llevo a casa.

Se levantó y salimos al vestíbulo. La puerta estaba abierta. El Rolls Royce esperaba tras la verja. Esta es mi despedida, me dije, deteniéndome un momento, y miré, como una mira por última vez, los maceteros italianos, los

---

20 Balestier murió en 1891; Kipling se casó con su hermana Caroline en 1892.

espejos, con todas sus etiquetas, que había en el vestíbulo. Quería decir algo que demostrase que sentía dejar Argyll House por última vez. Pero Sibyl parecía haberlo olvidado por completo. Estaba animada. El color había vuelto a las cerezas; el sombrero de paja estaba rígido de nuevo.

—Como te iba diciendo —resumió—: cuando Wolcott Balestier murió en Viena, Henry James vino a verme y dijo: «Querida Sibyl, hay dos pobres mujeres solas con el cadáver de ese querido joven en Viena, y siento que es mi deber...». —Para entonces, estábamos recorriendo el caminito de losa hasta el coche—. Mount Street —le dijo al chófer, y entró—. H. J. me dijo —volvió al tema—: «Siento que es mi deber ir a Viena, por si puedo ayudar a esas dos pobres afligidas señoras...».

Y el coche se alejó, y ella estaba sentada a mi lado, intentando impresionarme con el hecho de que había conocido a Henry James.[21]

---

21 Henry James (1843-1916), el gran escritor, era íntimo amigo de Leslie Stephen, el padre de Virginia Woolf, y fue un habitual de Talland House, la casa de veraneo de la familia Stephen. Nunca dejó de tener contacto con los hijos de su amigo, así que era del todo absurdo que alguien intentase impresionarla porque lo conocía. Era como si estuviesen presumiendo de conocer a un tío suyo muy querido.

LAS MUJERES Y LA FICCIÓN

Marzo de 1929
(Publicado en *The Forum* y más tarde recogido
en el volumen *Granite and Rainbow*, 1958)

Coincidente en fechas, «Las mujeres y la ficción» parece ser, en realidad, el texto de las conferencias en que se basa el célebre ensayo *Una habitación propia* (1929) y que se celebraron en Cambridge, con una semana de diferencia, los días 20 (en la Sociedad de las Artes del Newnham College) y 26 (en la Sociedad de la Historia del Girton College) de octubre de 1928. Woolf acababa de publicar *Orlando* (el 11 de octubre) y volvía de un viaje a Francia con Vita Sackville-West. Apenas conocida aún entre el gran público tras el éxito de *La señora Dalloway* (1925), la invitaron a dar estas charlas más por sus relaciones personales y familiares que por su fama, y resultaron ocasiones un tanto curiosas.

En su diario, como en *Una habitación propia*, Woolf fusionó las dos ocasiones y anotó una perspicaz, aunque condescendiente, imagen de las chicas de Cambridge como «jóvenes hambrientas pero valientes [...]. Inteligentes, ansiosas, pobres; &[1] destinadas a convertirse en directoras de escuelas unitarias. [...] Me sentí mayor & madura. Y nadie me respetaba [...]. Muy poca reverencia y todo eso». Por su parte, las chicas, de hecho brillantes, enérgicas, ansiosas de trabajar y labrarse un futuro, que no pensaban estar en desventaja, pese a tener conciencia plena de ser pioneras en el mundo académico, encontraron a Woolf temible y no demasiado empática (cuando se publicó *Una habitación propia*, quedaron, además, bastante desconcertadas

---

1   Virginia Woolf solía utilizar en sus diarios y sus notas el carácter «&» como abreviatura de la conjunción *and*, cuyo significado es «y». Se ha conservado el símbolo como característica de su escritura informal.

por la imagen que pintaba de ellas). Muchas ni siquiera habían oído hablar de la escritora. La encontraron superficial y cotilla, y les pareció que no había dedicado mucho tiempo a preparar el tema de la conferencia. En aquel momento, la charla no pareció el material de leyenda en el que se ha convertido.

Una vez más, la faceta ensayística de Woolf se cruza con su ficción. En este caso, la cuestión de por qué no hay mujeres escritoras y la posibilidad de que las haya en el futuro se había tratado también en *Una sociedad*, un relato satírico de 1921 (incluido en el volumen *Monday or Tuesday*) en el que un grupo de mujeres funda una sociedad para preguntar a los hombres, con el fin de averiguar si los siglos de criar niños —mientras sus compañeros producían libros y cuadros— han dado como resultado una civilización valiosa. La conclusión de este divertido cuento es que hay que cambiar la forma de educar a las mujeres. Una de sus protagonistas, Castalia, se parece mucho a la hermana de Woolf, Vanessa, cuya hija, Angelica, tenía dos años cuando Woolf escribió el cuento. La historia es, en parte, una broma entre las hermanas sobre la forma en que debían educar a la famosa sobrina, ideas que, para quien tenga interés, la propia Angelica Garnett (su apellido de casada) exploró en sus memorias *Deceived with Kindness*.

LAS MUJERES Y LA FICCIÓN

MARZO DE 1929

The Forum

(En *Granite and Rainbow*, 1958)

E l título de este artículo se puede interpretar de dos formas: puede aludir a las mujeres y la ficción que escriben o a las mujeres y la ficción que se escribe sobre ellas. La ambigüedad es intencionada, pues, al tratar de las mujeres como escritoras, es deseable tanta elasticidad como sea posible; es necesario permitir suficiente espacio para tratar de otras cosas además de su trabajo, tan influido está este por condiciones que no tienen nada que ver con el arte.

La pesquisa más superficial en cuanto a la escritura de las mujeres suscita una multitud de preguntas: ¿por qué, interpelamos de inmediato, no hubo escritura continua de las mujeres antes del siglo xviii? ¿Por qué comenzaron a escribir, entonces, casi tan habitualmente como los hombres y, al hacerlo, produjeron, uno tras otro, algunos de los clásicos de la ficción inglesa? Y ¿por qué tomó su arte, entonces, y por qué hasta cierto punto sigue haciéndolo, la forma de la ficción?

Si pensamos un poco, veremos que estamos haciendo preguntas para las que obtendremos, como respuesta, solo más ficción. La respuesta está por el momento encerrada en viejos diarios, escondida en viejos cajones, medio olvidada en las memorias de los ancianos. Se encuentra en las vidas de lo oscuro, en esos pasillos en penumbra de la historia en los que las figuras de generaciones de mujeres se perciben tan tenue e irregularmente. Pues muy poco se sabe sobre las mujeres. La historia de Inglaterra es la historia de su línea masculina, no de la femenina. De nuestros padres sabemos siempre algún dato, alguna distinción. Fueron soldados o fueron marinos; ocuparon tal cargo o hicieron tal ley. Pero de nuestras madres, de nuestras abuelas, de nuestras bisabuelas, ¿qué queda? Nada más que la tradición. Una era hermosa; otra era pelirroja; a una la besó una reina. No sabemos nada de ellas salvo sus nombres y la fecha de su matrimonio y el número de hijos que dieron a luz.

Así, si deseamos saber por qué en una época, en particular, las mujeres hicieron esto o aquello, por qué no escribieron nada, por qué, por otro lado, escribieron obras maestras, es muy difícil de decir. Cualquiera que busque entre esos viejos papeles, que dé la vuelta a la historia como a un calcetín y construya así una imagen fidedigna de la vida diaria de las mujeres comunes y corrientes en tiempos de Shakespeare, en tiempos de Milton, en tiempos de Johnson, no solo escribirá un libro de asombroso interés, sino que también proporcionará al crítico una herramienta de la que ahora carece. La mujer extraordinaria depende de la mujer corriente. Es solo cuando conozcamos las condiciones de vida de la mujer media —el número de hijos que tenía, si disponía de dinero propio, si tenía un cuarto para ella, si tenía ayuda para criar a los niños, si tenía criados, si parte del trabajo de la casa era tarea suya—, solo cuando podamos medir la forma de vida y la experiencia de ella que tenían a su alcance las mujeres corrientes, podremos explicar el éxito o el fracaso de las mujeres extraordinarias como escritoras.

Extraños espacios de silencio parecen separar un periodo de actividad de otro. Tenemos a Safo y a un grupito de mujeres escribiendo todas poesía en una isla griega seiscientos años antes del nacimiento de Cristo. Enmudecieron. Luego, sobre el año 1000, encontramos a cierta cortesana, la señora Murasaki,[1] escribiendo una novela muy larga y hermosa en Japón.

---

[1] Se refiere a Murasaki Shikibu (c. 978- c. 1014), autora de la primera novela japonesa, *Genji Monogatari* (*La novela de Genji*), obra que se considera también la primera novela moderna del mundo.

Pero en Inglaterra, en el siglo xvi, cuando los dramaturgos y los poetas estaban en todo su apogeo, las mujeres eran mudas. La literatura isabelina es exclusivamente masculina. Luego, a finales del siglo xviii y principios del xix, encontramos de nuevo a mujeres que escriben —esta vez en Inglaterra— con frecuencia y éxito extraordinarios.

La ley y la costumbre fueron, por supuesto, en gran medida responsables de estos extraños intervalos de habla y silencio. Cuando era probable, como en el siglo xv, que a una mujer le pegasen y la encerrasen en un cuarto si no se casaba con el hombre que habían elegido sus padres,[2] el ambiente espiritual no era favorable a la producción de obras de arte. Cuando se casaba sin consentirlo con un hombre que, en lo sucesivo, se convertía en su señor y maestro, «en la medida en que la ley y la costumbre se lo permitían», como sucedía en tiempos de los Stuart,[3] es probable que tuviese poco tiempo para escribir, y menos que la animasen a hacerlo. Solo ahora, en nuestra época psicoanalítica, comenzamos a darnos cuenta del inmenso efecto del entorno y la sugestión en la mente. Una vez más con memorias y cartas para ayudarnos, comenzamos a entender lo anormal que es el esfuerzo necesario para producir una obra de arte, y qué cobijo y qué apoyo requiere la mente del artista. De todo esto nos informan las vidas y las cartas de hombres como Keats y Carlyle y Flaubert.

Así pues, está claro que la extraordinaria explosión de ficción a comienzos del siglo xix en Inglaterra vino anunciada por innumerables cambios mínimos en la ley y la costumbre y las maneras. Y las mujeres del siglo xix tenían cierto asueto; tenían cierta educación. Ya no era excepcional para las mujeres de las clases medias y altas elegir a sus maridos. Y es significativo que, de las cuatro grandes novelistas —Jane Austen, Emily Brontë, Charlotte Brontë y George Eliot—, ninguna tuvo hijos, y dos nunca se casaron.

---

2   Este es el argumento de *Clarissa* (1748), la novela epistolar de Samuel Richardson, considerada la novela más larga en inglés, con más de un millón de palabras. Parece que los hombres compensaban con creces el silencio de las mujeres.

3   Los Stuart fueron los primeros reyes del Reino Unido. Jacobo I de Inglaterra e Irlanda y VI de Escocia fue el primero en ocupar los dos tronos en 1603. La dinastía reinó hasta 1714 (Ana fue la última monarca Estuardo antes de que ocupasen el trono los Hannover), un periodo de floreciente cultura cortesana, pero también de gran inestabilidad política, guerra, la peste y el Gran Incendio de Londres.

Sin embargo, aunque está claro que la prohibición sobre la escritura había desaparecido, existían aún, al parecer, considerables presiones sobre las mujeres para escribir novelas. No hay cuatro mujeres que pudieran haber sido más distintas en genio y carácter que estas cuatro. Jane Austen no puede haber tenido nada en común con George Eliot; George Eliot era el absoluto opuesto de Emily Brontë. Y, sin embargo, todas se formaron para la misma profesión; todas, cuando escribían, escribían novela.

La ficción era, como la ficción es aún, la cosa más fácil que puede escribir una mujer. Y tampoco es difícil averiguar la razón. Una novela es la forma de arte menos concentrada. Una novela se puede tomar o dejar con más facilidad que una obra de teatro o un poema. George Eliot dejaba su trabajo para cuidar de su padre. Charlotte Brontë dejaba la pluma para quitarle los brotes a las patatas. Y viviendo, como vivía, en la salita común, rodeada de gente, una mujer se formaba para usar su mente en la observación y el análisis del carácter. Se formaba para ser novelista y no poeta.

Incluso en el siglo XIX, una mujer vivía casi únicamente en su hogar y sus emociones. Y esas novelas decimonónicas, notables como eran, estaban profundamente influidas por el hecho de que las mujeres que las escribían quedaban excluidas por su sexo de cierta clase de experiencias. Que esa experiencia tiene una gran influencia en la ficción es indiscutible. La mejor parte de las novelas de Conrad, por ejemplo, quedaría destruida si le hubiese sido imposible ser marino. Quítenle a Tolstoi todo lo que sabía de la guerra como soldado, de la vida y la sociedad como joven rico cuya educación le permitió toda clase de experiencias, y *Guerra y paz* quedaría increíblemente empobrecida.

Sin embargo, *Orgullo y prejuicio*, *Cumbres borrascosas*, *Villette* y *Middlemarch* fueron escritas por mujeres de las que se mantuvo alejada a la fuerza toda experiencia salvo la que podía encontrarse en un saloncito de clase media. Ninguna experiencia de primera mano de la guerra o la navegación o la política o los negocios era posible para ellas. Incluso su vida emocional estaba estrictamente regulada por la ley y la costumbre. Cuando George Eliot se atrevió a vivir con el señor Lewes sin ser su esposa, la opinión pública quedó escandalizada. Bajo esa presión, se recluyó en las afueras, lo que, inevitablemente, tuvo los peores efectos posibles en su trabajo. Escribió que, a menos que alguien pidiese ir a visitarla, no invitaba nunca a nadie. Al mismo tiempo, en el otro extremo de Europa, Tolstoi estaba viviendo una vida libre como soldado, con hombres y mujeres de todas las clases, por la que nadie lo censuraba y de la que sus novelas extrajeron mucho de su asombroso aliento y vigor.

Pero las novelas de las mujeres no se vieron afectadas solo por la estrechez inevitable de la experiencia de la escritora. Mostraron, al menos en el siglo xix, otra característica que puede achacarse al sexo de quien las escribió. En *Middlemarch* y en *Jane Eyre* somos conscientes no solo del carácter de la escritora, como somos conscientes del carácter de Charles Dickens, sino también de la presencia de una mujer, de alguien a quien ofende el tratamiento de su sexo y que reclama sus derechos. Esto trae a la escritura de las mujeres un elemento que está por completo ausente en la de un hombre, a menos, de hecho, que resulte ser un hombre obrero, o negro, o uno que por alguna otra razón es consciente de una discapacidad. Introduce una distorsión y es con frecuencia causa de debilidad. El deseo de reclamar una causa personal o de hacer un personaje el portavoz de algún descontento o insatisfacción personal tiene siempre un efecto angustioso, como si el lugar al que se dirige la atención del lector fuese de pronto doble en lugar de único.

El genio de Jane Austen y Emily Brontë nunca es tan convincente como en su poder para hacer caso omiso de tales reclamos y solicitudes, y mantenerse en su camino impertérritas ante el desprecio o la censura. Pero era precisa una mente muy serena o muy poderosa para resistir la tentación de la ira. El ridículo, la censura, la certeza de inferioridad en una forma u otra con que se colmaba a las mujeres que practicaban un arte provocaban, está claro, tales reacciones. Se ve este efecto en la indignación de Charlotte Brontë, en la resignación de George Eliot. Una y otra vez se encuentra en la obra de las escritoras menores: en su elección de temas, en su asertividad forzada, en su docilidad forzada. Es más, la falta de sinceridad rezuma de manera casi inconsciente. Adoptan un punto de vista en deferencia a la autoridad. La visión se vuelve demasiado masculina o demasiado femenina; pierde su integridad perfecta y, con ella, su cualidad más esencial como obra de arte.

El gran cambio que se ha deslizado en la escritura de las mujeres es, parecería, un cambio de actitud. La escritora ya no está amargada. Ya no está enfadada. Ya no ruega y protesta mientras escribe. Nos acercamos, si es que no hemos llegado aún, al momento en que su escritura tendrá poca o ninguna influencia externa que la moleste. Podrá concentrarse en su punto de vista sin distracción del exterior. La actitud distante que estuvo una vez al alcance del genio y la originalidad está llegando solo ahora al alcance de la mujer corriente. Por lo tanto, la novela media de una mujer es mucho más genuina y mucho más interesante hoy que era hace un centenar de años, o incluso hace cincuenta.

Pero aún es cierto que, antes de que una mujer pueda escribir exactamente lo que desea, tiene que enfrentarse a muchas dificultades. Para comenzar, está la dificultad técnica —tan simple en apariencia; en realidad, tan dificilísima— de que la misma forma de la frase no se adecua a ella. Es una frase hecha por hombres; es demasiado vaga, demasiado pesada, demasiado pomposa para que la use una mujer. Sin embargo, en una novela, que cubre una franja de terreno tan amplia, ha de encontrarse una frase de tipo corriente y habitual para llevar al lector con sencillez y naturalidad de principio a fin del libro. Y esto tiene que hacerlo la mujer por sí misma, alternando y adaptando la frase actual hasta que escriba una que tome la forma natural de su pensamiento, sin aplastarlo o distorsionarlo.

Pero eso, al fin y al cabo, es solo un medio para un fin, y aún ha de alcanzarse dicho fin, aunque solo cuando una mujer tenga la valentía de superar la oposición y la determinación de ser fiel a sí misma. Pues una novela, al fin y al cabo, es una afirmación sobre un millar de objetos distintos: humanos, naturales, divinos; es un intento de relacionarlos unos con otros. En toda novela de mérito estos elementos distintos se mantienen en su sitio por la fuerza del punto de vista del escritor. Pero tienen también otro orden, que es el orden impuesto sobre ellos por la convención. Y, como los hombres son los árbitros de dicha convención, como ellos han establecido un orden de valores en la vida, puesto que la ficción se basa en su mayor parte en esta, esos valores también prevalecen en gran medida en la novela.

Es probable, no obstante, que, tanto en la vida como en el arte, los valores de una mujer no sean los valores de un hombre. Así pues, cuando una mujer se pone a escribir una novela, encontrará que está deseando todo el tiempo alterar los valores establecidos: hacer serio lo que parece insignificante a un hombre, y trivial lo que es para él importante. Y por hacerlo, por supuesto, será criticada; pues el crítico del sexo opuesto quedará genuinamente desconcertado y sorprendido por un intento de alterar la escala de valores actual, y verá en ello no una mera diferencia de puntos de vista, sino un punto de vista débil, o trivial, o sentimental, porque difiere del suyo.

Pero, aquí también, las mujeres están llegando a ser más independientes de opinión. Están comenzando a respetar su propio sentido de los valores. Y, por esa razón, los temas de sus novelas comienzan a mostrar ciertos cambios. Están menos interesadas, parecería, en sí mismas; por otro lado, están más interesadas en otras mujeres. A comienzos del siglo xix, las novelas de las mujeres eran en gran parte autobiográficas. Uno de los motivos que las llevaba a escribir era el deseo de exponer su propio sufrimiento, de interceder en su propio favor. Ahora que este deseo ya no es tan urgente, las mujeres están comenzando a explorar su propio sexo, a escribir de las mujeres como nunca antes se ha escrito; pues, por supuesto, hasta muy recientemente, las mujeres en la literatura eran creación de los hombres.

Aquí, una vez más, hay dificultades que superar, pues, si se me permite la generalización, las mujeres no solo se someten a la observación de peor gana que los hombres, sino que también sus vidas son menos probadas y examinadas por los procesos corrientes de la vida. A menudo no queda nada tangible del día de una mujer. La comida que se cocinó se ha comido; los niños que se cuidaron han salido al mundo. ¿Dónde está el énfasis? ¿Cuál es el punto principal para que el novelista lo aproveche? Es difícil de decir. La vida de la mujer tiene un carácter anónimo, lo que es desconcertante y sorprendente en extremo. Por primera vez, este oscuro país está comenzando a ser explorado en la ficción; y, en el mismo momento, una mujer tiene también que registrar los cambios en la mente y los hábitos de las mujeres que la apertura del mundo profesional ha provocado. Tiene que observar cómo sus vidas están cesando de desarrollarse bajo tierra; tiene que descubrir qué nuevos colores y sombras se muestran en ellas ahora que están expuestas al mundo exterior.

Si, entonces, intentásemos resumir el carácter de la ficción de las mujeres en el momento actual, tendríamos que decir que es valiente; es sincero; se mantiene cerca de lo que sienten las mujeres. No responde a la amargura. No insiste en su feminidad. Pero, al mismo tiempo, un libro de una mujer no está escrito como lo escribiría un hombre. Estas cualidades son mucho más comunes de lo que eran, y dan incluso a las obras de segunda o tercera categoría el valor de la verdad y el interés de la sinceridad.

Pero, además de estas buenas cualidades, hay dos que piden unas palabras más de discusión. El cambio que ha tornado a la mujer inglesa de influencia anodina, fluctuante y vaga en votante, asalariada y ciudadana responsable le ha dado, tanto en su vida como en su arte, un giro hacia lo impersonal. Sus narraciones no son ahora solo emocionales; son intelectuales, son políticas. El viejo sistema que la condenaba a atisbar con recelo las cosas a través de los ojos o los intereses del marido o el hermano ha dejado lugar a los intereses directos y prácticos de quien tiene que actuar por sí misma, y no solo influir en los actos de los demás. De ahí que su atención se vea dirigida lejos del centro personal que la ocupaba exclusivamente en el pasado, hacia lo impersonal, y que sus novelas se hagan naturalmente más críticas con la sociedad, y menos analíticas de las vidas individuales.

Podemos esperar que el puesto de tábano del Estado, que hasta ahora ha sido prerrogativa masculina, sea ahora ocupado también por mujeres. Sus novelas tratarán los males sociales y sus remedios. Sus hombres y mujeres no serán observados solo en relación unos con otros emocionalmente, sino mientras se juntan y oponen en grupos y clases y razas. Ese es un cambio de cierta importancia. Pero hay otro más interesante para quienes prefieren la mariposa al tábano; es decir: el artista al reformador. La mayor impersonalidad de la vida de las mujeres animará el espíritu poético, y es en la poesía en lo que la ficción de las mujeres sigue siendo más débil. Las llevará a estar menos absortas en los hechos y a no conformarse ya solo con registrar, con agudeza asombrosa, los detalles más nimios que decidan observar. Mirarán más allá de las relaciones personales y políticas, hacia las cuestiones más amplias que el poeta intenta resolver: sobre nuestro destino y el significado de la vida.

La base de esta actitud poética se basa, por supuesto, en gran medida, en cosas materiales. Depende del asueto, y de un poco de dinero, y de la oportunidad que el dinero y el asueto dan de observar impersonal y desapasionadamente. Con dinero y asueto a su disposición, las mujeres se ocuparán, naturalmente, más de lo que ha sido posible hasta ahora en el oficio de las letras. Harán un uso más completo y sutil del instrumento de la escritura. Su técnica será más rica y atrevida.

En el pasado, la virtud de la escritura de las mujeres estaba a menudo en su divina espontaneidad, como la del canto del mirlo o del zorzal. No se había educado; venía del corazón. Pero era también, y mucho más a menudo, parlanchín y cotilla: mera charla derramada sobre el papel y dejada a secar en manchas y borrones. En el futuro, dados por supuestos tiempo y libros y un poco de espacio en la casa para ella, la literatura será para las mujeres, como para los hombres, un arte que se estudiará. El don de las mujeres se entrenará y se fortalecerá. La novela dejará de ser el basurero de las emociones personales. Se convertirá, más que hoy, en una obra de arte como cualquier otra, y se explorarán sus recursos y sus limitaciones.

De esto hay apenas un pasito a la práctica de las artes sofisticadas, hasta ahora tan poco practicadas por las mujeres: a la escritura de ensayo y crítica, de historia y biografía. Y eso, también, si consideramos la novela, será una ventaja; pues, además de mejorar la calidad de la novela en sí, desviará a las extrañas que se han visto atraídas a la ficción por su accesibilidad cuando sus corazones tendían a otra cosa. Así, la novela quedará libre de esas excrecencias de la historia y los hechos que, en nuestra época, le roban la forma.

Es así como, si se nos permite profetizar, con el tiempo, las mujeres escribirán menos novelas, pero mejores; y no solo novelas, sino poesía y crítica e historia. Pero, con esto, es seguro que nos adelantamos al futuro, que contemplamos esa época dorada, tal vez fabulosa, en la que las mujeres tendrán lo que se les ha negado durante tanto tiempo: asueto, y dinero, y un cuarto propio.

Profesiones para mujeres

21 de enero de 1931
(Charla para la WSL, una organización de voluntariado
civil centrado en las mujeres, y recogida póstumamente en
The Death of the Moth and Other Essays, 1948)

Este ensayo es, en mi opinión, el cierre perfecto para esta colección que comenzó con la profecía de una autora y una editora que buscaban un estilo de escritura propio. Recordando al «ángel del hogar» victoriano, en él, Woolf repasa su carrera profesional hasta llegar a la fama y el reconocimiento de los que ya goza en 1931, y recoge las dificultades de las mujeres artistas en un mundo de hombres.

El día antes de la charla, Woolf escribió en su diario: «Acabo de concebir, mientras tomo mi baño, todo un libro nuevo —una secuela de *Una habitación propia*— sobre la vida sexual de las mujeres: se llamará, tal vez, *Profesiones para mujeres...* Señor, ¡qué emocionante!». El 11 de octubre de 1932, casi dos años más tarde, Virginia Woolf comenzó, de hecho, a escribir un nuevo libro basado en esta conferencia. Se titulaba, sin embargo, *Los Pargiter*, y acabaría publicándose en 1937 con el título de *Los años*. En el recorrido, *Los años* fue perdiendo el contenido ensayístico que la autora pretendía darle para convertirse en una novela. El libro que sería finalmente la secuela de *Una habitación propia* es *Tres guineas* (*Three Guineas*, 1938), este sí, comenzado con el título de trabajo «Profesiones para mujeres»: uno de los ensayos sociales más críticos, en el que Woolf describía la guerra como la propensión de las sociedades patriarcales a reprimir las revoluciones sociales usando la violencia.

«Matar al Ángel del hogar era parte del trabajo de una escritora», escribió Woolf. Y ha resultado ser una afirmación profética, pues, aún hoy, no solo en el dominio de las letras, sino en todo el mundo profesional, las mujeres siguen luchando todos los días la letal batalla de la conciliación y la igualdad laboral.

PROFESIONES PARA MUJERES

21 DE ENERO DE 1931

(Charla para la WSL, una organización de voluntariado civil centrado en las mujeres, recogida póstumamente en *The Death of the Moth and Other Essays*, 1948)

Cuando su secretaria me invitó a venir, me explicó que su asociación se dedica al empleo femenino y me sugirió que podría contarles algo sobre mis propias experiencias profesionales. Es cierto que soy una mujer; es cierto que tengo un empleo; pero ¿qué experiencias profesionales he tenido? Es difícil de decir. Mi profesión es la literatura; y, en esta profesión, hay menos experiencias para las mujeres que en ninguna otra, con la excepción de la escena teatral; menos, quiero decir, que sean especiales para las mujeres. Pues ya abrieron el camino hace muchos años Fanny Burney, Aphra Ben, Harriet Martineau, Jane Austen, George Eliot: muchas mujeres famosas, y muchas más desconocidas y olvidadas, han pasado por él antes que yo, allanándolo y regulando mis pasos. Así pues, cuando yo llegué a la escritura, encontré muy pocos obstáculos materiales en el camino. Escribir era una ocupación honrosa e inofensiva. La paz familiar no se veía rota por los rasguños de la pluma. No se exigía nada del monedero familiar. Por diez con seis peniques[1] se puede comprar papel suficiente para escribir todas las obras de Shakespeare, si una se lo propone. Pianos y modelos,

---

1   Unos 30 euros actuales (inflación aparte).

París, Viena y Berlín, maestros y maestras no le hacen falta a un escritor. Es porque el papel es tan barato, por supuesto, por lo que las mujeres han tenido éxito como escritoras antes que en otras profesiones.

Pero, para contarles mi historia..., es bien sencilla. Solo tienen que imaginarse a una niña en un dormitorio con una pluma en la mano. Solo tenía que mover la pluma de izquierda a derecha, de diez en punto a una. Luego, se le ocurrió hacer algo que es sencillo y bastante barato, al fin y al cabo: meter algunas de esas páginas en un sobre, ponerle un sello postal, y meter el sobre en el buzón rojo de la esquina. Fue así como me convertí en periodista; y mi esfuerzo se vio recompensado al primer día del mes siguiente —un día glorioso para mí—, con la carta de un editor que incluía un cheque por una libra, diez chelines y seis peniques.[2] Pero, para mostrarles lo poco que merezco que hablen de mí como mujer profesional, lo poco que sé de las luchas y las dificultades de tal vida, he de admitir que, en vez de gastar esa suma en pan y mantequilla, el alquiler, zapatos y medias, o las cuentas del carnicero, fui y me compré un gato: un hermoso gato, un gato persa, que pronto me supuso amargas discusiones con los vecinos.

¿Qué podría ser más fácil que escribir artículos y comprar gatos persas con los beneficios? Pero ¡un momento! Los artículos tienen que ser sobre algo. El mío, me parece recordar, era sobre la novela de un hombre famoso. Y, mientras escribía esa reseña, descubrí que, si iba a reseñar libros, necesitaría batallar con cierto fantasma. Y el fantasma era una mujer y, cuando la conocí mejor, la llamé como la protagonista de un famoso poema: *El ángel del hogar*.[3] Era ella quien solía interponerse entre el papel y yo cuando escribía las reseñas. Era ella quien me molestaba y me hacía perder el tiempo y me atormentaba de tal manera que acabé por matarla. Ustedes que vienen de una generación más joven y feliz puede que no hayan oído hablar de ella; puede que no sepan a qué me refiero con el Ángel del hogar. La describiré con tanta brevedad como me sea posible. Era sumamente compasiva. Era inmensamente encantadora. Era totalmente desinteresada. Sobresalía en

---

2 Unos 140 euros actuales (de nuevo, sin inflación).

3 *The Angel in the House* es un popular poema victoriano, obra de Coventry Patmore, publicado por primera vez en 1854.

las difíciles artes de la vida familiar. Se sacrificaba a diario. Si había pollo, comía el muslo; si había corriente, se sentaba en ella; en resumen, estaba hecha de tal manera que nunca tenía ni una opinión ni un deseo propios, sino que prefería simpatizar siempre con las opiniones y los deseos de los demás. Sobre todo —no merece la pena ni mencionarlo— era pura. Su pureza se suponía su mayor belleza; su lozanía, su suprema gracia. En aquellos días —los últimos de la reina Victoria— todo hogar tenía su Ángel. Y, cuando me puse a escribir, la encontré ya con las primerísimas palabras. La sombra de sus alas cayó sobre mi página; oí el frufrú de sus faldas en la habitación. Enseguida, es decir, en cuanto tomé la pluma para reseñar esa novela de un hombre famoso, se puso tras de mí y susurró: «Cariño, eres una jovencita. Estás escribiendo sobre un libro escrito por un hombre. Sé compasiva; se tierna; halaga; engatusa; usa todas las artimañas de tu sexo. No dejes que nadie adivine que tienes una opinión propia. Sobre todo sé pura». E hizo además de ir a guiar mi pluma. Registro ahora el único acto del que me atribuyo yo el mérito, si bien el mérito es, por derecho, de algunas antecesoras excelentes que me dejaron cierta suma de dinero —¿ponemos unas quinientas libras al año?—[4] de manera que no fuera para mí necesario depender únicamente de mi encanto para vivir. Me volví hacia ella y la agarré del pescuezo. Hice todo lo que pude por matarla. Mi excusa, si tuviese que presentarla ante un tribunal, sería que actúe en defensa propia. Si no la hubiese matado yo, me habría matado ella a mí. Habría arrancado el corazón de mi escritura. Pues, como pude comprobar en cuanto apliqué la pluma al papel, no se puede reseñar ni una novela sin tener una opinión propia, sin expresar lo que crees que es la verdad de las relaciones humanas, la moralidad, el sexo. Y todas estas cuestiones, según el Ángel del hogar, no pueden tratarlas abierta y libremente las mujeres; ellas deben utilizar sus encantos, ellas deben conciliar, ellas deben —para ponerlo negro sobre blanco— mentir si quieren triunfar. Así pues, siempre

---

4   Esta es la suma que la tía de la protagonista de *Una habitación propia* le deja y que permite a esta dedicarse a la escritura. En aras de la actualización del texto, conviene recordar, aquí sí, que, dada la evolución inflacionaria desde la época, hoy estaríamos hablando de unos 40 300 euros al año. La cifra que indica Woolf como deseable solo la ganó por su trabajo escribiendo libros y en periódicos tras la publicación de *La señora Dalloway* en 1926.

que sentía la sombra de su ala o el resplandor de su halo sobre mi página, agarraba el tintero y se lo lanzaba. Le costaba morirse. Su naturaleza ficticia le era de gran ayuda. Es mucho más difícil matar a un fantasma que la realidad. Siempre estaba acechando a mi espalda cuando pensaba que la había despachado. Aunque me enorgullezco de haber conseguido matarla por fin, la lucha fue difícil; llevó mucho tiempo que habría sido mejor empleado en aprender gramática griega; o en vagar por el mundo en busca de aventuras. Pero era una experiencia real; era una experiencia destinada a suceder a todas las escritoras en ese momento. Matar al Ángel del hogar era parte del trabajo de una escritora.

Pero continúo con mi historia. El Ángel estaba muerto: ¿qué quedaba, pues? Podrían decir que lo que quedaba era un objeto común y corriente: una joven en un dormitorio con un tintero. En otras palabras, ahora que se había librado de la falsedad, esa joven solo tenía que ser ella misma. Ah, pero ¿qué es ser «una misma»? Quiero decir, ¿qué es una mujer? Les aseguro que yo no lo sé. No creo que ustedes lo sepan. No creo que nadie pueda saberlo hasta que la mujer se haya expresado en todas las artes y profesiones abiertas a la habilidad humana. Esa es, de hecho, una de las razones por las que he venido aquí: por respeto a ustedes, que están en proceso de demostrarnos con sus experimentos lo que es una mujer, que están en proceso de proporcionarnos, gracias a sus éxitos y sus fracasos, esa información tan sumamente importante.

Pero continúo la historia de mis experiencias profesionales. Gané una libra diez y seis con mi primera reseña; y compré un gato persa con las ganancias. Luego me hice ambiciosa. Un gato persa está muy bien, me dije; pero un gato persa no es suficiente. Quiero un automóvil. Y así fue como me convertí en novelista, y es que es curioso que la gente te dé un automóvil si le cuentas una historia.[5] Es aún más curioso que no hay nada más placentero en el mundo que contar historias. Es mucho más gozoso que escribir reseñas de novelas famosas. Y, aun así, si he de contarles mis experiencias profesionales como novelista para obedecer a su secretaria, he de contarles

---

5   Woolf se compró un automóvil con los beneficios de *Al Faro* (1927).

también una experiencia muy curiosa que me sucede como novelista. Y, para entenderla, tienen que intentar primero imaginar el estado mental de un novelista. Espero no estar descubriendo ningún secreto profesional si les digo que el deseo fundamental de un novelista es ser tan inconsciente como sea posible. Tiene que inducir en sí mismo un estado de letargo perpetuo. Quiere que la vida siga con la mayor tranquilidad y regularidad. Quiere ver las mismas caras, leer los mismos libros, hacer las mismas cosas día tras día, mes tras mes, mientras está escribiendo, de manera que nada pueda romper la ilusión en la que vive; de manera que nada pueda molestar o perturbar los misteriosos curioseos, tanteos, fintas, apremios y repentinos descubrimientos de ese espíritu tan tímido y engañoso: la imaginación. Sospecho que ese estado es el mismo para el hombre que para la mujer. Sea como fuere, quiero que me imaginen escribiendo una novela en un estado de trance. Quiero que se figuren una muchacha sentada con una pluma en la mano que, durante minutos, y de hecho horas, nunca la moja en el tintero. La imagen que me viene a la mente cuando pienso en esa muchacha es la imagen de un pescador inmerso en un profundo ensueño al borde de un profundo lago con una caña tendida sobre el agua. Ella deja que su imaginación barra sin vigilancia todas las rocas y grietas del mundo que yace sumergido en las profundidades de nuestro inconsciente. Entonces, llegó la experiencia, la experiencia que creo que es mucho más común en las escritoras que en los escritores. El sedal se deslizó por entre los dedos de la muchacha. Su imaginación se había largado a toda prisa. Había buscado en los remansos, las profundidades, los lugares oscuros en los que dormitan los peces más grandes. Y, luego, hubo una rotura. Hubo una explosión. Hubo espuma y confusión. La imaginación había chocado con algo duro. La muchacha despertó de su ensueño. Estaba, de hecho, en un estado de la más profunda y afligida angustia. Para hablar sin rodeos, había pensado algo, algo sobre el cuerpo, sobre las pasiones, que era inadecuado para ella como mujer mencionar. Los hombres, le decía la razón, se escandalizarían. La conciencia de... lo que los hombres dirían de una mujer que dice la verdad sobre sus pasiones la había despertado del estado de inconsciencia del artista. No podía seguir escribiendo. El trance había acabado. Su imaginación ya no podía trabajar. Esto, creo, es una experiencia muy común entre las mujeres escritoras: están obstaculizadas por la extrema convencionalidad del otro sexo. Pues, aunque los hombres se permitan, con total sensatez, gran libertad a este respecto, dudo que se den cuenta o puedan controlar la extrema severidad con la que condenan tal libertad en las mujeres.

Estas han sido, pues, dos experiencias mías muy genuinas. Estas han sido dos de las aventuras de mi vida profesional. La primera —matar al Ángel del hogar—, creo que está resuelta. Murió. Pero la segunda, si he de decir la verdad sobre mis propias experiencias como cuerpo, no creo que la haya resuelto. Dudo que ninguna mujer la haya resuelto aún. Los obstáculos contra ella son aún inmensamente poderosos y, con todo, muy difíciles de definir. En apariencia, ¿qué hay más sencillo que escribir libros? En apariencia, ¿qué obstáculos hay para una mujer más que para un hombre? En el fondo, creo, el caso es muy distinto: ella tiene aún muchos fantasmas contra los que luchar, muchos prejuicios que superar. De hecho, pasará mucho tiempo aún, me parece, antes de que una mujer se pueda sentar a escribir un libro sin encontrar un fantasma al que derrotar, una roca contra la que chocar. Y, si esto es así en la literatura, la más libre de las profesiones para las mujeres, ¿cómo será en las nuevas profesiones en las que ustedes están entrando ahora por primera vez?

Esas son las preguntas que me gustaría, si tuviese tiempo, hacerles. Y, en realidad, si he hecho hincapié en estas experiencias profesionales mías, es porque creo que son, aunque en diferentes formas, también las de ustedes. Incluso cuando dicen que el camino está abierto —cuando no hay nada que evite que una mujer sea médica, abogada, funcionaria—, hay muchos fantasmas y obstáculos, me temo, acechándolas en el camino. Discutir y definirlos es, me parece, de gran valor e importancia; pues solo así puede compartirse el esfuerzo, pueden resolverse las dificultades. Pero, además, es necesario también discutir los fines y los objetivos por los que luchamos, por los que batallamos contra esos obstáculos formidables. Estos fines no se pueden dar por sentados; debemos cuestionarlos y examinarlos continuamente. Toda la posición, tal como yo la veo —aquí, en esta sala, rodeada de mujeres que practican por primera vez en la historia no sé cuántas profesiones distintas—, es una de interés e importancia extraordinarios. Se han ganado ustedes cuartos propios en su casa, que hasta ahora eran propiedad exclusiva de los hombres. Son capaces, aunque no sin gran esfuerzo, de pagarse el alquiler. Se ganan sus quinientas libras al año. Pero esta libertad es solo el comienzo: el cuarto es suyo, pero aún está vacío. No lo han amueblado; tienen que decorarlo; tienen que compartirlo. ¿Cómo van a amueblarlo? ¿Cómo lo van a decorar? ¿Con quién lo van a compartir y en qué términos? Estas, creo yo, son cuestiones de la mayor importancia e interés. Y, por primera vez en la historia, ustedes pueden planteárselas; por primera vez, pueden decidir ustedes mismas cuáles serán las respuestas. De buena gana me quedaría a discutir todas estas preguntas y respuestas, pero no esta noche. Se me ha acabado el tiempo; y debo terminar.

Títulos de la colección:

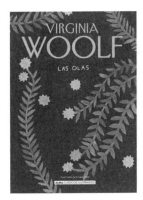